LITRA**DUKT**

LOUIS-PHILIPPE DALEMBERT

Die Götter reisen in der Nacht

Roman

Aus dem Französischen
von Bernadette Ott

LITRA ↯ DUKT

Bibliographische Information der Deutschen Bibliothek:
Die Deutsche Bibliothek verzeichnet diese Publikation
in der Deutschen Nationalbibliographie; detaillierte bibliographische Daten
sind im Internet unter *http://dnb.ddb.de* abrufbar.

Die Übersetzung aus dem Französischen wurde mit Mitteln des Auswärtigen Amts unterstützt durch Litprom – Gesellschaft zur Förderung der Literatur aus Afrika, Asien und Lateinamerika e. V.

2016
Ungekürzte Ausgabe
litradukt, Literatureditionen Manuela Zeilinger-Trier,
www.litradukt.de

Das französische Original erschien 2006 unter dem Titel
»Les dieux voyagent la nuit« bei den Editions du Rocher, Monaco.

© Louis-Philippe Dalembert
© der deutschsprachigen Ausgabe
litradukt, Literatureditionen Manuela Zeilinger-Trier,
Trier 2016, *www.litradukt.de*

Aus dem Französischen von Bernadette Ott
Lektorat: Peter Trier
Umschlaggestaltung und Satz: Berliner Süden
Herstellung: CPI Clausen und Bosse, Leck
Printed in Germany

ISBN: 978-3-940435-19-4

für den Schutzengel von Caëtan und Kiki,
für Alex, der sie nie kennenlernen wird,
außer durch meine Erinnerungen;
für alle jene,
die auf die eine oder andere Weise
diesem Buch den Weg bereitet haben:
David Damoison, Pierrette Fleutiaux,
Françoise Rocher und Jean-Claude Béhar

»Das Kind, von dem hier die Rede ist, ist Waise, das heißt glorreich und frei, von allem ausgeschlossen und allem zugehörig ...«
　George-Arthur Goldschmidt

»Die Trommel war in ihnen wie ein begrabener Gott.«
　Patrick Chamoiseau

»... ich beanspruche für mich das Recht, keinerlei Identitätszuschreibungen vorzunehmen.«
　Jean-Claude Charles

ERÖFFNUNG

»Bei so einer Zeremonie wäre ich wirklich gern dabei«, hast du zu ihr gesagt. Noch drei Tage und drei Nächte bis Allerheiligen. Auf der Insel, im fernen Land deiner Kindheit, ist dafür jetzt wieder die Jahreszeit. In der die Toten dem Schattenreich entfliehen, um für eine Weile mit den Christenmenschen gemeine Sache zu machen, und während dieser Tage überaus lebendig sind. Hier dagegen sind die Schaufenster und Regale vollgestopft mit ausgehöhlten Kürbissen, mit Knautschgummihexen auf ihren Hexenbesen, mit Operettenvampiren, deren malerische Capes entweder schwarz wie die Finsternis oder rot wie Blut sind ... Massenhaft verpanschte Ikonen, Halloween-Kitsch, Firlefanz, der höchstens dazu taugt, das Monster des Kapitalismus zu mästen. Wertloser Flitterkram! Du hast nicht den ganzen Atlantik überquert, um dich an solchen Puppentheaterorgien zu berauschen. Wenn schon sich mit dem Jenseits einlassen, dann gleich richtig. Sozusagen in echt. Um die beiden Extreme deines Lebens miteinander zu versöhnen. Caroline hat dir schon oft von den Zeremonien erzählt, die an den Rändern von New York, dieser Metropole des Blendwerks, abgehalten werden. In Winkeln von Queens, Brooklyn, ja sogar Manhattan, die von Gott und den Menschen verlassen sind. Heimisch sind dort nur Neger, frisch Eingewanderte und Schwarzhändler jeglicher Couleur. Vielleicht gar keine schlechte Idee, einmal einen Ausflug in eines dieser Reservate zu unternehmen. Ein Wunsch, den du geäußert hast, ohne wirklich daran zu glauben. In Gedanken bei deiner sabbatfrommen Kindheit und ihren Tabus. Mit Satanereien hatte deine Großmutter nichts am Hut. Aufgewachsen bist du nur mit den versprengten Echos dieses Kults; mit allem, was über die Mauern der Nachbarn zu dir drang. Ab und zu ein Lied im Radio. Die Stimme der mit beiden Handflächen geschlagenen Trommel, die vorüberstreifenden Engel anrufend, jedoch ohne sie von ihrem Weg abzulenken. Die Stimme der Trommel, mit der die Engel manchmal in höchster Not gerufen wurden, weil die Menschen nicht mehr weiter wussten. Die Stimme der Trommel, zu dieser und anderen Zeiten des Jahres durch die Nacht hallend. Später immer häufiger und immer lauter. Keinen Widerspruch duldend. Immer mächtiger, je mehr Menschen von außerhalb nach Port-aux-Crasses drängten und, ohne dass Schüsse gefallen oder Steine geflogen wären, von den niedrigen Buckeln rings um die Hauptstadt Besitz ergriffen. Danach von jedem Grundstück auf den Hügeln, das von keiner Mauer umgeben oder herrenlos war. Nochmals viele Jahre später, bei deiner Rückkehr nach dem langen Umherziehen durch fremde Länder, sollte es dir schwerfallen, deine Kindheit wiederzufinden – inmitten der Schweine, der Ziegen, der Geschäftigkeit, des ungewohnten Treibens in dieser riesigen Kloake unter freiem Himmel, zu der deine Geburtsstadt geworden war ... Die Stimme der Trommel damals. Schwer und ernst. Gegenwärtig. Noch heute in deinem Gedächtnis widerhallend. Und in deinem Leib. Der Wind lässt ihren Klang an- und abschwellen, versammelt ihn unter dem Fenster des Hauses mit dem einen großen Raum, wo du mit dem Rest der Familie einzuschlafen versuchst; treibt ihn aufs offene Meer hinaus, wieder zurück zu deiner Angst. Am Morgen darauf glaubst du auf der Straße überall Helfershelfer des Satans zu erkennen. Blutunterlaufene Augen sind für dich der schlagende Beweis dafür, dass jemand eine schlaflose Nacht in Gesellschaft umherirrender Götter verbracht haben muss, sich zum Klang der Trommel in den Hüften wiegend. Da hört deine Erfahrung mit diesem Kult aber auch schon auf, mit solchen zwielichtigen Gestalten und den nächtlichen Klagerufen des Trommelfells, das unter den Händen der Menschen sein Schicksal als geopfertes Zicklein beweint. Abgesehen von den Liedern natürlich, die jeder auf der Insel vor sich hinsummt, häufig ohne Kenntnis ihres Ursprungs. Und abgesehen von deiner gewaltsamen ersten Begegnung mit weiblicher Nacktheit während Maries Raserei. Und natürlich dem Mahl für die Götter, als Tante Venus – unterstützt von Nachbarn, die ihr zu Hilfe eilten, weil du auf keinen Fall das Feld räumen wolltest – dich wie einen Eindringling von der festlich gedeckten Tafel vertrieben hat. Abgesehen von so vielen und noch vielen anderen Dingen ...

Wenn es also dort, wohin ihr gerade unterwegs seid, ein solches Festmahl geben sollte: Was für ein Triumph über die Zeit! Eine geradezu göttliche Vendetta! Mit der ganzen Wut des frustrierten kleinen Jungen im Bauch freust du dich schon darauf. Das Auto biegt in die Abzweigung nach Queens Village ein. Caroline, die am Steuer sitzt, streift dich mit einem spöttischen Blick. Sie weiß um dein Banausentum in dieser Angelegenheit, wenngleich sie nicht ahnt, wie haarsträubend deine Unkenntnis tatsächlich ist. Sie weiß nur, dass du bereits als Jugendlicher die althergebrachten Rituale abgelehnt hast. Die Nachbarn verachtet hast, die im Juli zu einer Pilgerfahrt nach Ville-Bonheur aufgebrochen sind, um sich dort ein Glücksbad im Schlamm zu genehmigen. Und die an Allerheiligen und Allerseelen ein Tänzchen mit den Frivolsten unter den Teufeln wagten: den *gede*, die mit mehlbestäubtem Gesicht aus dem Jenseits auftauchen, wenn die Menschen sich jedes Jahr zum Totengedenken versammeln. Um dann ihren Rosenkranz aus schlüpfrigen Gesten und Worten herunterzubeten. Ohne Ehrfurcht vor den Toten oder den Lebenden. Am Tag darauf erzählten dir deine Klassenkameraden regelmäßig, sie hätten welche gesehen, die Unmengen von Tafia 22-22 in sich hineinkippten, ohne davon betrunken zu werden. Die ihr Jesulein oder ihre Jungfraumaria in einem Cocktail voller Pfefferschoten badeten, ohne dabei die Miene zu verziehen. Und du konntest ihnen nur gläubig lauschen, weil es dir verboten war, an der Zeremonie teilzunehmen, weil es dir verboten war, raus auf die Straße zu gehen. Deine Ohren sollten nicht die dort gebrüllten Obszönitäten zu hören bekommen. Eine ganze Woche lang hast du die Werwolfsnachbarn nicht zu grüßen gewagt. Aus Angst, dass sie dich für ein Zicklein auf zwei Beinen halten, dir an die Kehle springen und dich mit Haut und Haar verschlingen könnten ...

Als du deinen Wunsch nach einer Zeremonie äußerst, zögert Caroline keine Sekunde. Sie sagt sofort ja. So als handle es sich dabei um den Heiratsantrag, nach dem sie sich schon eine Ewigkeit, seit ihrer Kindheit, sehnt, und als befürchte sie, dass du beim geringsten Zögern deine Meinung sofort änderst. Was sie jedoch, nachdem sie erst einmal Luft geholt hat, nicht daran hindert, eine doppelt spitzzüngige Bemerkung hinterherzuschicken:

»Man ist bei einer Zeremonie nicht dabei, man wohnt ihr bei. Und außerdem, nur als kleiner Hinweis an den Monsieur aus Paris, sagt man bei uns ›Ritus‹.«

Belehrender Tonfall, der keine Widerrede duldet. Da kennt sie dich schlecht. Du parierst mit einem Ablenkungsmanöver.

»Steht bei mir auf der Stirn vielleicht ›Pariser‹ geschrieben? Hast du vergessen, dass ich in Rom lebe?«

»Wenn man dich so sieht und reden hört, hat man nicht den Eindruck. Kaum kreuzt du hier in New York auf, packen alle ihr Kreolisch und ihr Englisch in die hinterste Schublade weg. Weißt du, was eine meiner Freundinnen gefragt hat, als sie dich das erste Mal gesehen hat: ›Where is he from, this guy?‹, hat sie gefragt. Das sagt doch alles.«

»Wie, wo ich herkomme?«

»Ich hab mich ziemlich anstrengen müssen, um ihr klarzumachen, dass du auch einer von uns bist.«

»Was soll das denn jetzt?« (Du regst dich auf.) »Kann ich was dafür, wenn mich alle immer mit ihrem Küchenfranzösisch beeindrucken wollen? Die brauchen doch bloß Kreolisch mit mir zu reden ...«

Du bist ausgewichen, das weißt du sehr wohl. Die einzig mögliche Entgegnung. Wie an etwas teilnehmen, das man ausschließlich durch Lektüre kennt? Wenn du ehrlich bist, weißt du von diesen Dingen nicht mehr als jemand, der Alfred Métraux, Pierre Verger, Roger Bastide, Melville Herskovits, Michel Leiris oder Laënnec Hurbon gelesen hat. Für die Fans von starkem Nervenkitzel sind außerdem noch die Delirien von Wade Davis zu empfehlen ... Bist du dir da wirklich sicher? (Es ist dein Gewissen, das sich hier meldet, oder vielmehr dein kleiner Schutzengel, der sich dir über die Schulter beugt.) Was glaubst du denn dann, wo du aufgewachsen bist? Unter welch einsamem Kapokbaum man deine Nabelschnur vergraben hat? Auf welchem von sämtlichen Engeln und Heiligen vergessenen Planeten? Du hörst bereits, wie deine Landsleute dich »Parisäer« schimpfen. Von einem maskierten Neger reden. Andere von schwarzer Haut und weißer Maske. Wieder andere von After Eight. In Wahrheit jedoch – Grannie hat dir beigebracht, immer die Wahrheit zu sagen, selbst wenn sie riskant und unbequem ist – weißt du überhaupt nichts von dieser Religion. Du bist dir nicht einmal mit der Schreibweise sicher. Die französischen Wörterbücher schreiben »Vaudou«. Auf der Insel beharren sie darauf, »Vodou« zu schreiben. Anderswo findet sich »Voodoo«. Der Einfluss ihrer verfluchten Kanakensprache? Du weißt es nicht, du bist kein Sprachwissenschaftler.

Während Caroline ihren granatfarbenen Honda Civic am Rand des Bürgersteigs parkt, greifst du nach den Jacken, die ihr auf den Rücksitz geworfen habt. Um diese Uhrzeit ist es nicht mehr nötig, einen Parkschein aus dem Automaten zu ziehen. Nur das gedämpfte Rauschen, das vom Verkehr auf dem Astoria Boulevard und dem Linden Boulevard herüberdringt, stört die Stille des bereits in Schlaf versunkenen Viertels. Das Geräusch eurer vorwärts hastenden Schritte, durch die ihr der beißenden Novemberkälte zu entkommen hofft, hallt durch die schmale Gasse mit der fahlen und kaputten Straßenbeleuchtung. Caroline stößt die Tür eines Holzzauns mit dem Warnschild »Beware of the dog« auf. Du bist wachsam. Doch kein Hund mit ihm vorauseilendem, ohrenbetäubendem Kläffen zeigt seine Schnauze. Dass du dich aber auch jedes Mal drankriegen lässt. Ihr kommt unter einer Eiche vorbei, an der auf Kopfhöhe eine ausgehöhlte Kalebasse hängt. Bei ihrem Anblick fühlst du dich um Jahre zurückversetzt. Ihr geht um das Haus herum und steigt dann eine schmale Treppe ins Souterrain hinunter. Wortlos empfängt euch am Ende der Stufen eine stark beleibte Matrone, zweifellos die Gastgeberin. Immer noch schweigend begrüßt sie euch, indem sie ihre Stirn kurz gegen die euren drückt. Um den Hals hat sie einen klatschmohnroten Seidenschal geschlungen. Caroline deutet eine leichte Verbeugung an und setzt ihren Weg fort. Ungefähr fünfzehn Personen, deren Stimmengewirr den Raum erfüllt, sind bereits versammelt. Sie sitzen überall, auf dem Bett, auf Stühlen, zu viert auf einem Sofa für zwei, reden miteinander, wirken ganz entspannt, scheinen auf nichts Besonderes zu warten. Dein Blick wandert über die unbekannten Gesichter. Bleibt an dem Gedränge recht disparater Kultgegenstände hängen, die auf dem zum Altar umfunktionierten Nachttisch aufgestellt sind. Du suchst nach einer Ecke, in der du dich unsichtbar machen kannst. Fühlst dich wie ein Fisch auf dem Trockenen. Was hast du hier eigentlich zu suchen? ... Glaubst du wirklich, noch einmal dieselbe Faszination zu verspüren? Wie damals als Kind beim verbotenen Klang der Voodootrommeln? Du findest einen leeren Sessel. Caroline setzt sich zu dir auf die Armlehne und lehnt sich an deine Schulter.

Die Matrone, offenes Haar, stark ergraut, um die sechzig, lässt sich auf dem einzigen noch frei gebliebenen Sitzplatz nieder, einem Schaukelstuhl, der vor dem Altar steht. Ein andächtiges Schweigen der Versammlung begleitet ihre Gesten, das sie mit ernster Miene würdigt, um dann eine Litanei aus Vaterunsern und Ave Marias anzustimmen, in die sämtliche Anwesende, einschließlich Caroline, wie mit einer einzigen Stimme einfallen. Als die Matrone den Mund öffnet, ist in ihrer oberen Zahnreihe eine schwarze Lücke zu erkennen, ein halber Schneidezahn ist durch Karies verfault, der Zahn daneben fehlt. Bis jetzt wird dir nichts abverlangt, wobei du dich als Nicht-Eingeweihter völlig blamieren könntest. Für einen absoluten Laien im liturgischen Katholenzauber schlägst du dich sogar ganz gut. Und auch die Aufgabe, die *ad libitum* erfolgende Anrufung der Heiligen jeweils mit einem kräftigen »Bitte für uns!« zu quittieren, bereitet dir keine Probleme. Aber du bestehst die Prüfung keineswegs mit Auszeichnung. Sehr bald bewegst du nur noch stumm wie ein Fisch die Lippen, als hättest du im Kirchenchor bei einem Lied den Text vergessen. Und Lieder, davon gibt es bei dieser Zusammenkunft jede Menge. Wie ein ferner Nachhall der Lieder, die in deiner Kindheit auf den Straßen zu hören waren, so als wären sie jahrelang bis zu dir unterwegs gewesen. Und es dauert alles eine Ewigkeit. Was dich noch mehr zermürbt. Caroline sieht dich von der Seite an. Ein Lächeln huscht über ihr Gesicht. Kaum mehr als eine Andeutung davon, vorwurfsvoll und zugleich voller Mitleid, weil du so unwissend bist. Sie dreht sich zu dir und sagt dir überdeutlich Silbe für Silbe vor. Als wollte sie einem kleinen Jungen, der gerade sprechen lernt, ein neues und widerborstiges Wort beibringen. Scham befällt dich.

Aber du gehorchst. Erhebst deine Stimme. Tust so, als ob. Das ist dir klar. Wenigstens wirst du jetzt nicht als unrettbarer Idiot sterben. Caroline schaut dich amüsiert an. Die Matrone in ihrem Schaukelstuhl, der sich unter ihrem massigen Körper mühsam hin und her wiegt, ebenfalls. So kommt es dir jedenfalls vor.

Die anderen fragen sich bestimmt, warum, zum Teufel, du als Einziger im Kanon singen musst. Und außerdem – wo kommt er überhaupt her, dieser Monsieur, den sie noch nie hier in der Gegend gesehen haben? Blöde Frage! Chinese bist du ja schließlich nicht ... Kümmer dich nicht weiter drum, mein alter Freund. Kümmer dich nicht weiter drum. Dein kleiner Schutzengel meldet sich wieder. Ignorier ihre verächtlichen Blicke einfach. Du bist nur deiner Kindheit Rechenschaft schuldig. Diesem Land am anderen Ufer der Zeit. Bevor es zu spät ist. Bevor die Zeit aufgehoben sein wird. Denn es wird eine Zeit kommen, in der die Zeit selbst nicht mehr ist ... Carolines Ellenbogen zwischen deinen Rippen unterbricht den stummen Dialog. Ach so, die Flasche Lambrusco vor deiner Nase. Sie hält sie dir schon endlos lang hin. Du greifst zögernd danach ... und reichst sie dann an deinen Nachbarn weiter. Ohne davon zu trinken. Schlicht eine Frage der Hygiene. Diese Leute kennst du doch nicht seit Abrahams Zeiten. Und was noch schwerer wiegt, es handelt sich um schlechten Wein. Perlend und klebrig süß. Wenn es schon einer aus Italien sein muss, warum dann nicht einen Barolo oder einen Valpolicella nehmen. Jetzt hast du eine Riesendummheit begangen. Das merkst du sofort. Die Matrone lässt es dich sofort spüren. Du Großer Herr und Meister, wir alle, die wir uns hier versammelt haben, erwarten etwas von Dir. Schenke uns deine Güte und Barmherzigkeit, uns allen und auch denen, die sich weigern, auf Dich zu trinken, vielleicht weil sie sich schämen, Deinen Ruhm zu preisen. Du kauerst dich in deinen Sessel. Versteckst das Gesicht hinter Carolines Rücken. Die Blicke der Anwesenden! Wie lauter Kalaschnikows und M1-Gewehre auf deine Jammergestalt gerichtet. Was würdest du nicht darum geben, jetzt im Erdboden versinken zu können. Tief unter dem Meer. Tausend Meilen von hier.

Eine plötzliche Stille führt dazu, dass die Blicke sich von dir abwenden. Die Matrone ist bereit, den *lwa** zu empfangen. Ihr

---

* Der *lwa* – ausgesprochen loa, auch als Mysterium, Geist, Engel oder Heiliger

Geist. Ihr mächtiger Körper. Sie tut es kund: »Ich spüre, wie er kommt. Ich spüre es. Er kommt ...« Die Besessenheit ist nur von kurzer Dauer. Und vor allem wenig spektakulär. Die Priesterin – oder der Geist durch ihren Mund – brabbelt ein paar zumindest für dich rätselhafte und unverständliche Sätze. Dann bittet sie ein Mitglied der Gemeinde, an der Kreuzung der zwei Boulevards drei Eier zu zerschlagen. Am Kreuzungspunkt der vier Wege, inmitten des in beide Richtungen fließenden Verkehrsstroms. Jemand, der dafür Manns genug ist. Dessen Hand im entscheidenden Augenblick der Tat nicht zittert. Eine junge Frau mit leerem Blick erhebt sich, nimmt mit beiden Händen die Eier entgegen. Um Punkt Mitternacht, schärft ihr die Matrone ein. Zur Geisterstunde, wenn es Mut braucht. Die schmale, zierliche Frau wirkt verloren in dem riesigen Mantel, in den ihr einer der Männer hilft. Dann geht sie in die kalte Nacht hinaus. Schade, dass die Aufforderung nicht an dich gerichtet war. Dann hättest du die Gelegenheit nutzen können, um dich klammheimlich davonzustehlen. Aber das Mysterium hat dich bereits für unwürdig befunden. Als wärst du ein Wurm. Ein *gusano*, wie man einen kubanischen Konterrevolutionär in den sechziger Jahren genannt hat. Ein Wurm! Dicke große Tränen rollen der Matrone die feisten Backen herunter. Sie weint stumm in sich hinein, in den Schaukelstuhl gequetscht, der unter ihrem Gewicht ächzt und sich nach wie vor nicht so recht in Bewegung setzen will. Mit tränenüberströmtem Gesicht sitzt sie da.

Die Messe ist zu Ende. Du bist enttäuscht: Es gab nichts zu sehen. Stimmengewirr hallt metallisch durch die Stille der Nacht, als die Teilnehmer aus dem *basement* wieder auftauchen. Caroline setzt sich schweigend hinters Lenkrad. Während der ganzen Fahrt spricht sie kein Wort. Von Scham zerfressen. Über dich. Über

---

bezeichnet – hat üblicherweise einen Namen und einen Vornamen. schlägt sich den Bauch voll, pichelt gern, manch einer parfümiert sich, manch anderer flucht wie ein Droschkenkutscher, und auch der körperlichen Liebe ist der *lwa* keineswegs abgeneigt. Bei genauerer Betrachtung zeigt sich, dass die Unterschiede zu den Christenmenschen gar nicht so groß sind.

euch beide. Du hattest sie gewarnt. Trotzdem muss es für sie ein Schock gewesen sein. Sich auf eine Liebesgeschichte mit dem einzigen Landsmann einzulassen, der überhaupt nichts von Voodoo weiß. Als würde es in New York nicht genug andere geben. Aber nein, sie muss ausgerechnet so einen erwischen. Einen, der keine Wurzeln hat. Diesen verhinderten Juden, der nicht einmal hier im Big Apple lebt. Carolina wäre so etwas niemals passiert, sie hätte den Ärger von Anfang an gerochen. Caroline gibt Gas. Überfährt mehrere rote Ampeln. Glatteis. Der Wagen schlingert. Schließlich macht sie den Mund auf. Bildest du dir jedenfalls ein. Es ist wohl eher dein schlechtes Gewissen, das sich meldet. Was hätte es dir denn schon groß ausgemacht, mit diesen Leuten einen Schluck zu trinken? Haben die etwa ansteckende Krankheiten? Was weißt du denn schon, Dummkopf?, erwiderst du dir selbst gereizt. An Caroline das Wort zu richten traust du dich nicht. Der Moment wäre dafür schlecht gewählt. Nur eine Viertelstunde später und ihr fahrt bereits die Wall Street entlang. Wie ein Formel-1-Fahrer braust Caroline über die Fifth Avenue. Biegt in Richtung Riverside Drive ab, den sie mit zwei Tritten aufs Gaspedal verschluckt hat. Ist in Harlem angekommen. Spanish Harlem. Auto in der Tiefgarage geparkt, Türen zugeknallt und dann seid ihr auch schon im Aufzug hoch in den 33. Stock. Apartment D31K mit Blick auf den Riverside Park. Im Hintergrund sind die Twin Towers zu sehen. Sie hat die Wohnung extra wegen des Blicks auf die beiden Türme genommen, um besser in telepathischen Kontakt mit ihrer Zwillingsschwester Carolina treten zu können. Wenn sie nicht gerade, was sowieso fast immer der Fall ist, mit ihr am Telefon hängt, wo die beiden sich die winzigsten Kleinigkeiten aus ihrem eigenen und dem Leben anderer erzählen. Im Schlafzimmer zieht Caroline die enge Jeans und den Pullover aus, den Slip lässt sie an – ein schlechtes Zeichen. Statt ihr zartes Nachthemd überzustreifen, schlüpft sie in einen gepunkteten Baumwollpyjama – ein sehr schlechtes Zeichen. Lässt sich unter die Decke gleiten, schleudert dir noch ein »Gute Nacht, Voyeur!« entgegen und dreht dir dann den Rücken zu. Drei Minuten später ist sie bereits eingeschlafen. Das Bedürfnis, sie aufzuwecken. Es ihr zu erklären.

ERSTES MOUVEMENT

Sie erbauten Mauern, ungetüm wie Gebirge.
Und übers Tor schrieben sie: »Verbotner Weg für Gott!«
  Victor Hugo

1
DIE REBELLIN

*

Dies ist keine Erzählung. Kein Märchen oder eine Gute-Nacht-Geschichte. Auch wenn du sie nachts erzählst. Sie ist wahr und erlebt. Im Zeitenland der Kindheit. Eine Geschichte vom Mann-Sein. Für alle Männer. Und auch für alle Frauen. Denn in jeder Frau, indem sie Mensch ist, steckt auch ein Mann. Und umgekehrt. Ob mit oder ohne eine so rebellische Ader wie Grannie. Die es überhaupt nicht gemocht hätte, dass du nur von den Männern redest. Als wäre der Mensch schon im Mann vollkommen. Dies ist kein Märchen. Es ist eine Geschichte, die erzählt wird. Die man den anderen erzählt. Oder noch einmal sich selbst. Egal, ob tagsüber oder nachts. Jedenfalls direkt ins Gesicht. Sich in die Augen schauend. Eben wie ein Mann. Dies ist keine Gute-Nacht-Geschichte. Oder ein Märchen. Wenn du sie dir nachts erzählst, dann deshalb, weil die Nacht, mit ihrer Stille und Einsamkeit, besser dafür geeignet ist. Für solche Geschichten ohne Sinn und Verstand. Die dem Leben Angst einjagen und ein schier unglaubliches Getöse veranstalten. Geschichten, aus der Kindheit hervorgeholt, um ihnen besser zu begegnen und die eigenen Ängste bändigen zu können. Egal, ob als Mensch oder als Mann.

*

Es ist alles ihre Schuld. Alles, was du über Voodoo weißt oder nicht weißt, hast du von Grannie, deiner Großmutter mütterlicherseits. Von der, die dir immer eine Tracht Prügel verpasst hat, wenn du heulend aus der Schule oder von der Straße nach Hause gekommen bist. (Wobei Schule oder Straße eigentlich keinen Unterschied macht. Wie alle Jungs wissen, ist die Straße die größte Schule der Welt.) Bei sich zu Hause will sie keine Heulsuse haben. Da kann sie dir gleich einen richtigen Grund geben, um laut zu plärren. Und schon prasselt es Schläge auf dich nieder, mit dem erstbesten Gegenstand, den sie zu fassen kriegt. Das kann der Gürtel sein, der rasch über dem Knie zerbrochene Besenstiel (weshalb sie dann eine Woche lang gebückt den Boden kehren muss, weil gerade nicht genug Geld da ist, um einen neuen zu kaufen) oder ein hastig abgerissener Zweig des Oleanders draußen, den normalerweise keiner anrühren darf, jedenfalls niemand, der nicht zum Hof gehört. Kennst du diesen Baum? Weißt du, wo er herkommt? Was es mit ihm auf sich hat? Geänderter Tonfall, wenn sie ihre schlechten Tage hat, wenn das Schicksal es nicht gut mit eurem Heim meint, wenn es ihr mehrere Tage lang schwerfällt, das Feuer anzuzünden und den Kessel aufzusetzen. Lass die müden Knochen deiner Großmutter in Frieden! Und der Störenfried dann mit eingeklemmtem Schwanz nichts wie weg, tausend Entschuldigungen murmelnd, von Angst geplagt, einen Herbergsbaum* entweiht und jetzt auch noch den Zorn der Götter auf sich gezogen zu haben ... Mit der schnell verpassten Tracht Prügel ist eine ebensolche Lehre fürs Leben verbunden. Hier auf der Insel muss man sich zur Wehr setzen können. Niemals die Arme sinken lassen. Weder vor den Menschen noch vor dem widrigen Geschick. Was soll man bloß mit diesem Kind anfangen,

---

* Oase des Müßiggangs für die Geister. Anderswo heißt er Kapokbaum. Aber auch der Name *fromager*, Käsebaum, ist weit verbreitet, obwohl du noch nie gesehen hast, dass Käse an einem Baum wächst. Wer besonders gelehrt wirken will, nennt den Baum *Ceiba Pentandra L.* In der Sprache der Priester, die den Gläubigen ja auch gern Sand in die Augen streuen.

das mit zwei Tränenströmen, zwei Rotzbächen, die ihm übers Gesicht laufen, nach Hause kommt. Noch dazu ein Junge. Also wirklich. Da tut sie sich ja schon bei einem Mädchen schwer. Mit so einer weibischen Verweichlichung. Nicht dass Grannie etwas gegen das Frau-Sein hätte. Ganz im Gegenteil. Wenn sie will, kann sie auch weich und sanft und zärtlich sein. Dann lässt sie dich mit ihren Brüsten spielen, die so schlaff und verwelkt wie ausgelutschte Mangos an ihr hängen, ausgesaugt und nach Gebrauch weggeworfen. Dabei ziert sie sich immer etwas, als wolle sie deine Streicheleinheiten nicht. In Wahrheit will sie noch mehr davon. Was hast du denn bloß mit diesen leeren Schläuchen? Mit der Zeit sind sie ausgetrocknet, siehst du das denn nicht? Zu Hautbeuteln geschrumpft. Als hätte ein Werwolf einem kleinen Jungen das Leben ausgesaugt, weil dessen Eltern bei der Geburt vergessen haben, ihn zu baden oder sein Blut sofort ungenießbar zu machen, zum Beispiel indem man den Säugling mit Kakerlakenbrei füttert. Jeder, der nur halbwegs bei Verstand ist, weiß, dass ein ordentlicher Kakerlakenbrei oder ein Kräuterbad kurz nach der Geburt die besten Mittel sind, um sich ein Leben lang jeglichen Unstern, den bösen Blick, die Schandtaten der tagsüber lammfrommen Christenmenschen, die sich bei Nacht in namenlose Bestien verwandeln, sowie alle Arten von Pechsträhnen vom Leib zu halten. Grannie lehnt mit aller Energie ihres verdorrten Körpers solches Teufelszeug ab. Um die Wahrheit zu sagen, waren ihre Brüste nie so schwer wie die Riesentitten von Tante Venus, ihrer älteren Schwester. Mit ihr kann es diesbezüglich nur Madame Cheriez aufnehmen, die an der Straße ihre frittierten Köstlichkeiten verkauft. Bei der fragst du dich immer, wie sie es überhaupt schafft, die Dinger die ganze Zeit vor sich herzutragen. Deshalb wohl auch ihr schleppender Gang. Also noch mal, Grannie hat nichts gegen das Frau-Sein. Sie hat es nur noch nie gemocht, etwas einfach hinzunehmen. Immer brav an seinem Platz zu bleiben, wie man so schön sagt.

Sie war die Erste in der Familie, die es gewagt hat, den Engeln die Stirn zu bieten. Die ihnen *madigra m pa pè w, se moun ou ye** entgegengeschleudert hat. Und wird bestimmt auch die Einzige bleiben. Und das, obwohl sie selber bereits den zweiten Weihegrad erreicht hat, das *kanzo*. Sie kann mit ihrer Näherinnenhand nach einem glühenden Ziegelstein greifen, ihn ohne mit der Wimper zu zucken vom Holzkohlekocher herunterziehen und vor dir auf den Boden legen. Dann verlangt sie, dass du darauf pinkelst, damit du aufhörst, nachts in die Windel zu machen. Aber es kommt nichts heraus. Mit weit aufgerissenen Augen suchst du auf ihrer Hand nach Brandmalen. Vergebens. Dieselbe Hand, überhaupt nicht erhitzt, hält dir jetzt deinen Schlangenzipfel, während ihre Lippen pssst, pssst, psst flüstern, solange bis du schließlich vergisst, was soeben geschehen ist, und mit befreiendem Strahl schießt die Flüssigkeit hervor. Ein Zischen ist zu hören, deinen Kopf umnebelt ein Leuchtkranz gelblicher Dunstschwaden und beißender Ammoniakgeruch steigt dir in die Nase.

Aber Grannie hat nun mal zu den Heiligen nein gesagt. Sich geweigert, auserwählt zu sein. Trotz der Sehergaben, die sie der Familientradition verdankt. Der Macht, die verwickeltsten Träume zu entziffern, womit sie den armen Leuten hier im Viertel manchmal zum Glück verhilft. Ab und zu kommt es nämlich vor, dass sie ihren Glauben hintan stellt und den Traum eines Mannes oder einer Frau deutet, von denen sie der Meinung ist, dass sie bereits genug Schicksalsschläge eingesteckt haben. Vom Schöpfer nun wirklich nicht gerecht behandelt wurden. Auf einem Silbertablett präsentiert sie ihnen dann das große Los, die Gewinnzahl in der Lotterie, die ihr im Traum offenbart wurde. Zu Nebukadnezars Zeiten hätte sie Daniel eine teuflische Konkurrenz gemacht. Wie auch immer. Jedenfalls weigert sie sich standhaft, in solch seltenen Fällen von ihren Schützlingen irgendwelche Geschenke anzunehmen. Grannie lässt sich nicht kaufen. Weder von der einen noch von der anderen Seite. Weshalb sie auch die Reichtümer abgelehnt hat, die ihr die *lwa* angeboten haben, wenn

---

* Spruch, mit dem man sich gut über alle Bi-Ba-Butzemänner der Welt lustig machen kann.

sie dazu bereit gewesen wäre, ihnen zu dienen. Sie würde sich von niemandem reiten lassen, weder von Geistern noch von Menschen. Niemand würde ihr Zügel und Zaumzeug anlegen. Und erst recht keine Scheuklappen. Wenn hier irgendjemand geritten werden soll, dann würde sie die Reiterin sein. Sie wäre es. Sie würde die Engel zäumen und satteln. Zur Not auch ohne Sattel besteigen und sie tänzeln lassen. Die beiden Hände in die Flügel gekrallt. Es reicht schon, dass die Männer die Frauen als Stuten behandeln, da braucht man nicht auch noch einen Geist auf dem Buckel. Deshalb ist sie eines schönen Tages aufgestanden und hat ihnen die Tür vor der Nase zugeschlagen. Vor aller Augen. Heimlichtuerei ist nicht die Sache von Grannie. Zu denen, die den ersten Stein werfen und dann die Hand hinter dem Rücken verstecken, gehört sie nicht. Sie hat die Mysterien in aller Öffentlichkeit in die Wüste geschickt, die kreolischen und die aus Guinea. (Ähnlich wird sie später hinter ganzen Lebensabschnitten die Tür zuschlagen, sobald sich darin Langeweile oder schlechte Angewohnheiten einzunisten versuchen.) Und mit den Mysterien hat sie auch die gesamte Familie vor den Kopf gestoßen, die ihr dieses Verhalten bis zum Schluss übelnehmen sollte. Grannie hat das solange durchgehalten, bis schließlich die Ahnherrin Lorvanna und ihre eigenen sieben Brüder und Schwestern einer nach dem anderen nach Guinea heimgekehrt waren. Sie selbst war die Letzte, die den Hut genommen hat. Nicht ohne sich vorher noch mit den Heiligen zu versöhnen, aus eigenem Entschluss. Ohne Druck von der Familie, die es zu dem Zeitpunkt bereits nicht mehr gab. Auf Augenhöhe sozusagen: Ein Teufel jagt den anderen von der Schwelle, aber der Teufel frisst den Teufel nicht auf. Doch das ist nur so eine Vermutung von dir. Weil sie gegen Ende ihres Lebens immer häufiger der Cour Blain einen Besuch abstattete. Während sie sich früher immer geweigert hatte, einen Fuß dorthin zu setzen.

Wie alt Grannie zum Zeitpunkt dieser Ereignisse war, die Familie, Nachbarn, Freunde zutiefst erschütterten, bis hin zu den großköpfigen roten Ameisen droben auf dem Hügel? Achtzehn, höchstens zwanzig. Das Alter, in dem die jungen Mädchen damals heirateten. Ihre Schwestern zauderten nicht lange, sondern fanden bald ihren Hafen, in dem sie es sich bequem einrichteten. Um unmittelbar darauf zahlreiche Nachkommen in die Welt zu setzen. Bei Grannie dauerte es viel länger und mit einem recht kümmerlichen Ergebnis: erst deine Mutter und dann dein Onkel, in einem Alter, in dem andere bereits Kindeskinder in der Wiege schaukeln. Die Geister hatten sich unterdessen für ihre öffentliche Kränkung gerächt. Sie sind nämlich sehr rachsüchtig, die Geister. Sie haben sogar dem einzigen männlichen Erben von Tante Venus, einem im ganzen Land bekannten und bewunderten Fußballspieler, so etwas wie der Pelé unserer Insel, ein schlimmes Auge verpasst. Mit seiner Ehefrau – einer Krankenschwester, die davon träumt, dass du als ihr Liebling später einmal Präsident wirst – hatte er sich mit dem Flugzeug nach New York abgesetzt. Dort vergaß er dann viele Jahre lang, den Heiligen zu danken und überhaupt sie zu verehren. Trotz zahlreicher Mahnungen, sei es im Traum oder sei es durch die Verwandtschaft. Wahrscheinlich glaubte er, wie so viele, dass die Mysterien nicht übers Meer reisen können. Der Ignorant! Wie hätten sie es denn sonst aus Guinea, Europa oder dem fernen Ägypten bis hierher zu uns schaffen sollen? Jedenfalls sollte er auf dem Auge erst dann wieder die Sehkraft erlangen, nachdem er extra auf die Insel zurückgekehrt war, um den Göttern in aller Form die gebührende Ehre zu erweisen. Mit einer Messe und einem opulenten Mahl für gefräßige Leckermäuler, das Ganze mit hochprozentigem Alkohol und gutem Wein begossen. Ganz zu schweigen von den Wallfahrten nach Souvnans, Bassin Saint-Jacques und Ville-Bonheur, um sich von aller Sünde reinzuwaschen. Das Mahl in der Cour Blain, obwohl ein erster Anfang, hätte dafür nicht ausgereicht ... Wohlgemerkt, Grannie hat dir nicht erlaubt, bei der Zeremonie dabei zu sein; du hast alle diese Informationen von Fanfan, deinem Cousin. Du nennst ihn immer deinen Cousin, um nicht zu viel erklären zu müssen. Sonst würde das kein Ende nehmen. Um ehrlich zu sein, seid ihr überhaupt nicht miteinander verwandt. Als Grannie ihn bei sich aufgenommen hat, hatte er bereits alle Zähne, deshalb wusste er auch mehr als du. Und er hat die Wörter bereits genauso verunstaltet wie heute. Fanfan ist mindestens drei Jahre älter als du. Mit seiner Größe macht er fast deinem Kumpel Freud Konkurrenz, nur stämmiger. Also, um es kurz zu machen, man stelle sich jetzt bitte mal einen Moment vor, wie so nachtragende Geister dann erst auf die schändliche Demütigung durch Grannie reagiert haben! Die Urheberin des Schlamassels (mit einer Betonung auf der weiblichen Endsilbe, das wäre ihr wichtig gewesen) sollte fortan in großer Bescheidenheit leben, bescheidener als der gesamte Rest der Familie. Sollte in Port-aux-Crasses herumirren und von Viertel zu Viertel ziehen, ohne ordentliches Heim und einen eigenen Herd, ohne jemals Wurzeln in einem Hof zu schlagen, der wirklich ihr gehört hätte. Als wäre sie jemand, dessen Nabelschnur man ausgegraben und den Launen der Gezeiten ausgeliefert hat. Manchmal, während eines kurzen Innehaltens bei deinen agnostischen Irrfahrten, fragst du dich, ob dein eigenes Vagabundenleben nicht auch noch mit diesem alten Fluch zu tun hat. Das Haus mit den hohen Zimmern in der Rue de l'Enterrement hätte so etwas wie ein Ankerplatz werden können und sie hoffte wohl, es zu einer festen Burg gegen die Verwünschungen der Mysterien auszubauen. Doch den Nachwehen deiner Geburt hat es nicht standgehalten. Die Honorarforderungen des herbeigerufenen Arztes, erst unlängst mit einem deutschen Universitätsabschluss auf die Insel zurückgekehrt, gingen über ihre Kräfte und sie musste das Haus zu einem Spottpreis verkaufen. Davor war ihr bereits tausendmal das Messer an die Kehle gesetzt worden, hatte sie immer wieder Hypotheken aufgenommen und abbezahlt, bis zu diesem letzten Handel mit einem Syrer. Ein Notfall in einer ganzen Serie solcher Zwangslagen, die erst mit ihrer Rückkehr nach Guinea ein Ende finden sollten. Aber all diesen Widrigkeiten zum Trotz behielt sie immer ihren Stolz. Den Stolz der Armen in der Sippe. Achtete darauf, dass ihre Nachkommenschaft stets ordentlich gekleidet war. Opferte ihr Herzblut (und ihr letztes Geld), um sie auf vornehme Schulen schicken zu können. (Für ihre Tochter kam nur das Institut der Schwestern der heiligen Rosa von Lima in Frage.) Hielt alle Sprösslinge zum eifrigen Bücherlesen an, ob ganz freiwillig oder nicht und sogar während der Schulferien, damit sie später niemanden um etwas bitten mussten. (Weh dir, wenn du bei dem aus heiterem Himmel verlangten Aufsagen einer Fabel von La Fontaine auch nur bei einem einzigen Vers gezögert hast; sie hatte ein Elefantengedächtnis, deine Grannie.) Lehrte, dass man bei quälendem Hunger ein Salzkorn unter die Zunge legen muss, damit einem beim Blick auf die Teller der in Saus und Braus lebenden Cousins nicht zu sehr das Wasser im Mund zusammenläuft. Und höchste Strafe der Götter, sie sollte die Männer verschleißen wie andere Seidenstrümpfe: zwei Ehen und ein wildes Zusammenleben ohne Trauschein, während ihre Schwestern dauerhafte Bindungen eingehen. Böse Zungen werden behaupten, dass sie selbst viel zu sehr die Hosen anhatte, um Männer wirklich an sich binden zu können. Und dass sie einfach viel zu mager war. Wo doch jeder weiß, dass die Männer, jedenfalls die hier in diesem Winkel der Welt, lieber Frauen mögen, an denen was dran ist. Da war für eine wie Grannie, lang und dünn wie ein Zuckerrohr, von vornherein nicht viel zu gewinnen. Auch ihre ersten beiden Enkel sollte sie verlieren. Erst später errichtete sie um ihre Nachkommenschaft eine Festung aus Psalmen (mit Psalm 22 als Burgfried), aus Versen und aus Klageliedern, mit jeder Menge großer und kleiner Propheten als Wächtern. Das Buch der Bücher als Schutzschild und Ersatz für Kräuter- und Schlammpackungen, für Bäder im Glückswasser und erst recht für gebratene Kakerlaken.

Es ist also alles ihre Schuld. Grannies Rebellentum ist schuld daran. Es ist ihre Schuld, wenn du zum Klang der Voodoo-Trommeln nicht wie andere in Trance tanzt oder einen Anfall von Besessenheit erleidest. Wenn du dich wie ein wildes Fohlen dagegen aufbäumst. Wenn du deine karibischen Sinne austobst, ohne dich um die Geister, die Ahnen, die Heiligen, die Mysterien, die Teufel oder die *lwa* zu kümmern. Wenn du mit freiem Kopf und gelösten Gliedern tanzt. Wenn du beim *yanvalou* nicht den Rücken beugst und beim *dahomey* keine breiten Schultern zeigst. Wenn du deinen alten Rum nur mit Wesen aus Fleisch und Blut trinkst. Wenn du nur Göttinnen reitest oder dich von ihnen reiten lässt, bei denen echte Leidenschaft im Spiel ist. Egal, ob sie von der Insel oder von überall oder von nirgendwo herstammen. Es ist ihre Schuld, wenn du heute kein Geheimnis darum machst, dass du von Voodoo nichts weißt. Man muss im Leben ehrlich sein. Vor allem nie mit den Wölfen heulen. Erst recht nicht, wenn es von dir verlangt wird. Es ist allein ihre Schuld, denn sie hat dir immer verboten, dich frommem Kitsch, einem religiösen Symbol oder einem Heiligenbild auch nur zu nähern. Einem *ounfò**. Oder einem Tempelgehöft. Nicht einmal der Cour Blain, die eine Tempeltrutzburg wie keine zweite ist und in der die Mysterien der Familie mit allem Pomp ihre Pferde geritten haben. Nur der Jerusalemer Tempel ist heilig, verflucht noch mal! Es ist ihre Schuld, weil sie dir immer verboten hat, den Weissagungen zu lauschen, die den Boten der Engel im Traum kundgetan werden. Prophezeiungen gibt es nur durch die Schrift. Und zwar am besten die hier, begleitet von einem so kräftigen Klatscher auf die Bibel, dass davon eine ganze Heerschar von Stechmücken und Wanzen hätte zerquetscht werden können. Ihre Schuld, weil sie dir nicht beigebracht hat, für die Götter Wasser zu versprengen. Ihre Schuld, wenn Caroline in dieser Nacht neben dir tief und fest schläft, nachdem sie deine Einladung zu einem gemeinsamen wilden Ritt über die Prärie euer Leidenschaft ausgeschlagen hat. Wie der Dichter vielleicht sprechen würde. Mit anderen Worten, nachdem sie dir ihren Körper, der einen Heiligen in Versuchung führen könnte, vorenthalten hat. Ihren Körper, der dir ein höchst willkommener Ersatz für deine Selbstbefragungen gewesen wäre, während du auf den Tagesanbruch wartest.

---

* Name, der einem Voodoo-Tempel gegeben wird; auch *ounfò* oder *peristil* genannt. Wie es genau heißt, ist den Geistern schnurzegal. Wichtig ist nur, dass sie sich nicht umsonst dorthin begeben, wenn man sie herbeigerufen hat. Dann können sie nämlich fuchsteufelswild werden. Und danach hat man ziemlich was zu tun, sie wieder zu beruhigen.

2
DER HOF

*

Hinter jedem Buckel ist ein Hügel. Hinter jedem Hügel ist ein Kulm. Hinter jedem Kulm ein Berg. Und hinter allen Bergen ragt der Mount Everest empor. Mit seinem Gipfelgrat. Das Dach der Welt, das sich weder um den Aconcagua noch um den Machu Picchu kümmert. Oder den Gran Sasso. Den Kilimandscharo, der an der Wiege der Menschheit seine bald erloschenen Schneedecken ausbreitet. Wer steht über dem lieben Gott, Caroline? Über dem Grand Maître, Jahwe oder Allah? Und wer unter dem Teufel in uns? Wer hinter den Zweifeln und Befürchtungen, die uns umtreiben? Der Angst, die dir beim Verlust eines geliebten Menschen das Lachen abschnürt? Die Worte als unzureichende Gefährten der Abwesenheit. Weiß die Kindheit, wer sie gepflanzt und ausgebrütet hat? Weiß sie zu sagen, wer sie begossen hat, wer sie schlüpfen ließ, wer sie genährt und gerüstet hat mit dem Verbotenen der Erwachsenenwelt? Kindheit, unversiegbarer Nährboden.

*

Er ist da. Riesengroß. Gewaltig. In der Mitte von Port-aux-Crasses emporragend. Wie ein mächtiger Pfeiler. Am Kreuzungspunkt zwischen dem Champ-de-Mars, auf dem die stolzen Statuen der Gründungsväter ihre Bleibe gefunden haben, der Basilika Notre-Dame du Perpétuel-Secours und dem Nationalpalast in seinem strahlenden Weiß. Der neuen Kathedrale und der alten mit ihren zwei Jahrhunderten auf dem Buckel, die wenige Jahre später ein Raub frevlerischer Flammen wird. Nur ein Armer im Geiste und Unschuldslamm wird die Lage des Hügels für einen bloßen geographischen Zufall halten. Wie auch immer! Seine Erscheinung nötigt selbst den Tapfersten Respekt ab. Ein eindrucksvoll aufragendes Massiv aus Tuffstein, einer Felsburg gleich. Mit Dächern aus Wellblech oder Beton geschmückt. Und ganz oben der sagenumwobenste Hof von ganz Port-aux-Crasses. Der Tempel des Voodoo-Götzendienstes, laut Grannie. Es ist dir verboten, in diesen Hof auch nur eine Zehenspitze zu setzen. Selbst wenn du von einem Erwachsenen eingeladen werden solltest. Und außerdem, wer würde es wagen, sich einem Befehl von Grannie zu widersetzen? Erst recht einem Verbot, das sie ihrem Enkel erteilt hat? Das Viertel fürchtet sie mehr als einen der böswilligen *lwa petro*. Du brauchst gar nicht groß nachzufragen, was dich erwartet, falls du nicht gehorchst. Der Gedanke an Jonas im Walfischbauch reicht dir da völlig aus. Oder an den heiligen Zorn von Moses beim Anblick des Goldenen Kalbs. (Es ist allein die Schuld der Götzendiener, wenn die Gesetzestafeln heute nicht in Jerusalem in einer schönen Vitrine ausgestellt sind.) Oder daran, wie Jahwe stinkesauer die Hand von Jerobeam hat verdorren lassen ... Auch nur daran zu denken, welch doppelte Strafe eine solche Gesetzesübertretung mit sich brächte – ewige göttliche Verdammnis und vorher noch eine Tracht Prügel von Grannie, oder auch umgekehrt, eins ist schlimmer als das andere –, reicht schon aus, damit dir sämtliche Haare zu Berge stehen. Aber zurück. Ein Hof also, der auf dem Dach der Welt thront. Von dem herab Trommelgewitter erdröhnen, von Unsichtbaren ausgeführt. Stimmen plärrender Kinder, von Erwachsenen gejagt, die ihnen zu Ehren einer Grasnatter ganz bestimmt die Kehle durchschneiden wollen. Um ihnen danach die Haut abzuziehen, und zwar mit den Fingernägeln, so wie es die Ziegendiebe machen. Und sie dann zum Frühstück einem namenlosen Teufel aufzutischen. Abgesehen von den dünnen Rinnsalen, die von der Kuppe des Hügels heruntertröpfeln, um sich drunten auf dem Gehsteig zu schmierigen grünlichen Lachen zu versammeln, scheint es keine Verbindung zwischen oben und unten zu geben. Was bleibt einem da anderes übrig, als zu glauben, dass die Bewohner des Hügels es nur mithilfe ihrer Werwolfsflügel so hoch hinauf geschafft haben, weit weg von allen Christenmenschen und normalen Leuten. Wie kann man nur an so einem Ort wohnen, wo doch alle anderen es sich auf ebener Erde und möglichst nah an der Bucht eingerichtet haben. Auf die sie vom Tempelberg aus allerdings einen Blick wie für Götter haben müssen. Das ist das Einzige, worum du sie beneidest. Dafür vergisst du einen Moment sogar deine Angst. Von dort oben das Wellengeglitzer des Meeres bestaunen zu können, das sich bei Sonnenuntergang aquarellrot verfärbt; das Ameisengewimmel der Boote; die Menschen so winzig klein wie Mikroben … Und dann der Horizont, bis weit hinter sämtliche Ozeane reichend. Schier endlos. Echt unschlagbar!

Die wenigen Male, bei denen es dich bisher in dieses Viertel verschlagen hat, hast du immer peinlich darauf geachtet, auf die andere Straßenseite zu wechseln. Hast deine Schritte beschleunigt und den Hügel nur von der Seite angeschielt. Um dich nicht noch weiter in die Angst hineinzusteigen, die dir die Luft abdrückt und die Knie watteweich werden lässt. Dir durch Blut, Fleisch und Knochen fährt. Laut Fanfan, deiner Autorität in diesen Angelegenheiten, hat der Hof ge-ge-geheime Be-Be-Beziehungen, stottert er, mit Lakou Souvnans geknüpft, einem noch furchteinflößenderen Ort in der Nähe von Gonaïves, und außerdem mit dem Peristyl des berühmten *oungan** Ya-ya-yatande in Arcahaie.

---

* Ein solcher Voodoo-Priester ist ein wahrer Hansdampf in allen Gassen: Er zelebriert Messen, macht den Onkel Doktor und auch noch – wie König Salomon – den Friedensrichter. Außerdem hat er, genauso wie Salomon und der Nazarener, einen ganzen Harem zu seiner Verfügung.

Diese beiden Städte sind selbst alles andere als unbedeutend. Warum sonst hätten eure Gründungsväter sie im einen Fall zur Wiege der Unabhängigkeit eures Landes, im anderen zur Nähstube eurer ersten Nationalflagge auserkoren? Beim bloßen Hören dieser Namen fängt es in dir ganz fürchterlich zu rumoren an. In deinen Eingeweiden gurgelt es, als würde dich Heißhunger plagen. Als hättest du seit einer Ewigkeit nicht mehr ordentlich was reingehauen. Aber Schiss ist stärker als Hunger, soviel ist klar. Du presst deine Arschbacken zusammen, um dir nicht in die Hose zu scheißen. Hier, direkt vor Fanfan. Der es sofort in alle Himmelsrichtungen hinausposaunen würde. Und der nicht aufhört, dir seine abgehackten Erklärungen vorzustammeln. Völlig mitleidslos. Ya-yatande höchstpersönlich und ein ge-ge-gewisser Germain sind Cousins, welchen Grades w-w-weiß er nicht mehr, der Ahnherrin Lorvanna. Von der übrigens eine der Cousinen, Tante Lamercie, *man-man-manbo** Sissi für die Eingeweihten, einen Mann aus Souvnans geheiratet hat. Fanfan muss sich nicht groß anstrengen, um dich davon zu überzeugen, dass solche Verbindungen nicht zufällig während des fürchterlichen Zyklons eingegangen wurden, als die ganze Insel mitten am Tag unter dessen Flügeln ins Dunkel getaucht war. Nur der Hügel war an diesem Tag erleuchtet, eine riesige Fackel, die die gesamte Energie der Sonne auf sich zog und tief in ihrem Schoß barg.

Obwohl du eine zähneklappernde Scheißangst hast, hörst du dir weiter an, was Fanfan zu sagen hat. Man ne-ne-nennt den Hof die Cour Blain. Als ob du das nicht wüsstest. Na, und weiter, forderst du deinen Cousin auf. Der dich abschätzend mustert, wie viel er von dir für die Zeit verlangen kann, die er bei seinen stotternden Anläufen für die gewünschte Auskunft benötigt. Selbst wenn er nämlich einmal zu einer Rede angehoben hat, gelingt ihm fast nie ein schöner, glatter Flug, nach wenigen Worten droht bereits die

---

* Das muss man diesen Leuten lassen: Sie haben einen weiteren Horizont als die Katholen. Bei ihnen dürfen sogar Frauen die Messe lesen. Was sich gut fügt: Ich kann mir nämlich nicht vorstellen, dass Grannie sich mit einem niedrigeren Posten zufrieden gäbe, falls sie sich bereit erklärte, in ihren Reihen zu dienen.

nächste Bruchlandung. Der Hof hätte genauso gut Délice heißen können. Oder Mo-Morel, wie der Name des anderen Familienzweigs lautet, dem Grannie entstammt und mit dem ihr Schicksal ebenfalls verknüpft ist. Im Geiste siehst du sie alle vor dir, wie sie sich zwei-, dreimal im Jahr auf der Kuppe des Hügels versammeln, die ganze schöne Gesellschaft, um gemeinsam ihr Wasser zu versprengen. Die Familienmitglieder aus der Provinz genauso wie die aus der Hauptstadt. Die aus Übersee genauso wie die von der Insel. Diaspora und Eingeborene bunt gemischt. Männer und Frauen. Mehrere Familienzweige unter dem hundertjährigen Kapokbaum mit den roten Ameisen vereint. Dem *lwa mèt tèt*, seinem Herrscher über den eigenen Kopf, muss jeder unbedingt die Ehre erweisen. Die Nacht von Port-aux-Crasses wird dazu durch Trommelklänge der Ziegenhaut zerrissen. Mit den Bündnissen und Generationen vermischen sich auch die Rituale. Zu einer neuen Zeremonie von Bois-Caïman. Ohne jeden Respekt vor der reinen Lehre. *Rada, petro, ibo, kongo*. Pim! Pitim. Pitim. Pitim. Das Glück herbeibeschwörend. Sich gegen Pech und Missgeschick versichernd. Durch Anrufungen und rituelle Waschungen mit aller Macht die Sticheleien, Stiche und Todesstöße eines neidischen Nachbarn oder Arbeitskollegen oder Verwandten abwehrend. Der ewige eingebildete Feind des Voodoo-Gläubigen.

Gede Zariyen, woy, woy
Gede Zariyen
Gede Zariyen, woy, woy
Gede Zariyen
Yo fè konplo pou yo touye mwen
Woy Woy Gede Zariyen*

Das Ganze verwandelt sich in ein blutiges Bacchanal, aus dem du in Schweiß und Angstpisse gebadet erwachst. Mit dem Körper zu zwei Dritteln aus dem Bett hängend. Schreiend. Dennoch

---

* Das hat mit der Paranoia der eingeborenen Bewohner der Insel zu tun. Die überall Intrigen wittern, bei denen ihnen nach dem Leben getrachtet wird. Weshalb sie dann auch Schutz bei dem Spinnengeist suchen, dem *gede zariyen*.

gelingt es dir nicht, Fanfan aus dem Schlaf zu reißen. Grannie stürzt zu dir, um dich zu trösten. Denk nicht mehr daran, mein Dummerchen. Das ist nur ein schlimmer Traum. Doch selbst im Halbschlaf, das Gesicht in ihrem dürftigen Busen vergraben, hütest du dich davor, ihr zu erzählen, bis wohin du dich im Traum durch die Straßen vorgewagt hast, dass er sich in einen solchen Alptraum verwandeln konnte.

Die Cour Blain. Dein ganzes Leben lang hat sie dich beschäftigt, majestätisch in ihre Geheimnisse gehüllt. Solche, die du dir in deinen Kinderfantasien ausgedacht hast. Solche, die du hie und da bei den Unterhaltungen der Erwachsenen aufgeschnappt hast. Solche, die Fanfan dir unter hochheiligem Eid, die Wahrheit zu sagen, verraten hat, sonst möge Blitz und Donner ihn treffen oder die heilige Jungfrau ihm das Augenlicht rauben. In Wahrheit traust du dich nie, die Stellung seines großen Zehs zu überprüfen, während er schwört. Dabei lässt sich die ganze Vertrauenswürdigkeit an der Ausrichtung des Zehs ablesen. Wenn er vorwitzig zum Himmel gereckt ist, läuft alles gut. Wenn er aber auf der Erde klebt und vorne nach unten zeigt, dann kannst du den Schwur in der Pfeife rauchen. Der Typ, der ihn ausspricht, will dich an der Nase herumführen. Trotzdem hast du keine Lust, Fanfan darum zu bitten, dass er seinen Schuh auszieht und beim Aussprechen des Eids den nackten Fuß vor dir auf den Boden setzt, damit du die Ausrichtung seines großen Zehs überprüfen kannst. Nicht nur, weil der Gestank, der dir dann in die Nase steigt, unerträglich wäre. (Fanfan ist dafür im ganzen Viertel berüchtigt, manchmal dringt es sogar durch seine Turnschuhe.) Sondern weil man an solche Dinge eben glaubt. Punkt. Übrigens in deinem eigenen Interesse ...

Aber bleiben wir bei der Cour Blain. Dort hat Tante Lamercie ihr Peristyl, das sie, wie es scheint, nur dann aufsperrt, wenn es sich auch wirklich lohnt. Jedenfalls nicht, um irgendwelche niederen Weihedienste zu verrichten, wie etwas Wasser zu versprengen. Aber wenn es um ein ordentliches *desounen* oder ein *boule-zen* geht, dann ja.* Oder zum Beispiel die Hochzeit des Präsidentensohnes. Mit ihren eigenen Händen hat sie in ihrem *ounfò* der Cour Blain für die Braut das Hochzeitskleid genäht. Auf ausdrücklichen Wunsch des Vaters der Auserwählten, der von ihren Kenntnissen Wind bekommen hatte – und der großen Wirksamkeit ihrer Maßnahmen. Ein Hochzeitskleid mit allem Drum und Dran, um die Stufen zum Palast hinaufschreiten zu können. Und allen Versuchen einer allmählichen Selbstauflösung vorzubeugen. Es war klar, dass die Braut – sie war keineswegs unerfahren – so manch eine andere Dame neidisch machen würde. Oh nein, nicht etwa wegen der prächtigen Ausstattung des Sohnes. Alle Welt weiß, dass da nicht viel ist. Dass ein Fluch von *lwa Dessalines* sein bestes Stück zu einem Wurm hat verkümmern lassen. Und dass er seither vom anderen Ufer ist. (Später wird ein Arrangement mit einem der Minister für einen Erben sorgen.) Nicht weiter wichtig! Aber wenn einem ein solches Glück in den Schoß fällt, sollte man besser achtgeben, wo man sich hinsetzt. Der Vater der Auserwählten ergriff deshalb die Flucht nach vorne und versicherte sich der tatkräftigen Mithilfe von *manbo* Sissi. Alles, was der Planet an gekrönten Häuptern zu bieten hatte, war zu dem Ereignis nach Port-aux-Crasses geeilt. Wobei wie durch Zauberhand die Stadt auf einmal von allen ihren Bettlern, ihrem Schmutz und ihrem Gestank befreit war. Die Hochzeit war dann auch der Anlass dafür, dass der Hof sich im Palast wieder ins Geschehen gemischt hat. Obwohl beide, Hof und Palast, ehrlich gesagt sowieso seit langem eng miteinander verbandelt sind. Im Guten wie im Bösen. Wer leitet das Musikkorps der Präsidentengarde? Ein Sprössling des Hofs. Wem gehört das Grundstück, auf dem der Palast erbaut wurde, der Stolz einer ganzen Nation? Der Familie. Während der Besatzung beschlagnahmt von den weißen Amis, denen es nicht im Traum eingefallen wäre, die angestammten Besitzer dafür zu entschädigen. Die Hochzeit des Präsidentensohnes brachte da eine Art willkommener

---

* Ein Vorwand taugt so gut wie ein anderer, wenn es darum geht, sich von der wirklichen Welt abzukehren und sich gemeinsam mit den Mysterien den Bauch vollzuschlagen.

Reparationszahlung mit sich: Der Hof wurde renoviert, alle Häuser, die dazu gehören, waren danach so gut wie neu, am Fuß des Hügels wurde ein winziger Platz angelegt – mit drei Parkbänken für jedermann –, dessen Einweihung durch den Bürgermeister von Port-aux-Crasses erfolgte, und Grannies Cousine wurde für den von ihr erwiesenen großen Dienst angemessen entlohnt ... Auf alle Fälle besser als nichts, oder?

Was dich bei dieser ganzen Geschichte am meisten zu Träumen verleitet, ist die Sache mit dem vergrabenen Tonkrug. Am Fuß des Kapokbaumes, unter dem den Engeln ihr Mahl dargebracht wird. Ein Tonkrug aus der Zeit der Kolonialherrschaft, der laut der Familiensaga voller Goldmünzen steckt und Tag und Nacht von einer Heerschar großköpfiger roter Ameisen bewacht wird. Und einer hundertjährigen Natter, die träge zusammengerollt auf einem Ast liegt und sich wie eine Königin ihr Essen in einem blumengeschmückten Weidenkorb servieren lässt. Mehr als einer hat sich in seinem Ehrgeiz am Stamm des Baums bereits eine dicke Beule geholt. Manche haben sogar den Verstand verloren, weil sie glaubten, sich nachts, ohne bei irgendjemandem Verdacht zu erregen, herbeistehlen, in der Erde graben und den Tonkrug an sich reißen zu können. Husch, husch! Keiner hat's gesehen. Doch das heißt die Rechnung ohne die Ameisen machen, die niemals schlafen und misstrauisch Wache schieben und beim geringsten Alarm die Schlange aufwecken. Und wenn die keinen gu-gu-guten Tag hat und giftig reagiert, kann es durchaus sein, dass sie den R-R-Räuber erwürgt und mit Haut und Haar verschlingt! Um danach sieben Tage lang ein Verdauungsschläfchen zu halten. In der Cour Blain aber weiß jeder, dass der Tonkrug für Grannie bestimmt ist. Sie allein, wenn sie es denn will, oder einer ihrer Nachkommen hat die Macht, den Ameisen zu befehlen, dass sie sich ins Reich der Hautflügler davonschleichen sollen. Und der Schlange, dass sie den Weg frei machen soll. Dann würde der Tonkrug von selbst aus dem Innern der Erde au-au-auftauchen, ohne dass dafür Schaufel und Hacke nötig wären. Erst vor kurzem hast du deinem Onkel in einer Mail geschrieben, ihr solltet vielleicht einmal gemeinsam einen Ausflug dorthin unternehmen, um den Wahrheitsgehalt dieser Geschichte zu überprüfen. Für dich die Gelegenheit, endlich einmal einen Fuß in die Cour Blain zu setzen. Was außerdem den Vorteil hätte, dass du ein für allemal damit Schluss machen könntest, dich für die Weißen so abzuschuften ...

Was wohl Grannies *gwo bònanj*, ihr großer Schutzengel, von all dem hält? Oder Caroline? Die am anderen Ende des Betts schläft, einem *king size bed* von der Größe eines Tennisplatzes, eigens als Spielwiese für eure Liebestollereien gekauft. Sofern sie nicht gerade schlechte Laune hat. Weil du dich so unmöglich aufgeführt hast wie heute Abend. Oder weil du dich nach wie vor beharrlich weigerst, mit ihr ein Kind zu haben. Da sieht sie regelmäßig rot. Glaub bloß nicht, dass ich mein ganzes Leben warte. Ich hab auch noch was anderes auf dem Plan, Junge. So wie sie diesen Satz immer ausspricht, mit ihrem komischen Akzent, in dem sich Kreolisch, Englisch und Pariserisch zu gleichen Teilen vermischen, kannst du nicht anders, du musst jedes Mal lächeln. Was dich davor schützt, ihre Drohungen ernst zu nehmen. Weshalb sie dann regelmäßig ihr Kopfkissen und ihren gekränkten Gazellenkörper zusammenrafft und anderswo weiterschlummert ... auf dem Sofa. Nichts könnte sie dazu bringen, sich im Zimmer nebenan aufs Bett zu legen. Das ist ausschließlich für ihr wöchentliches amouröses Stelldichein mit ihrem *lwa mèt tèt* reserviert. Ein Ritual, das dir trotz deiner Toleranz und Offenheit ein absolutes Rätsel bleibt. Aber deine Meinung hat sie in dieser Angelegenheit sowieso noch nie interessiert.

3
EPIPHANIE

*

Diese Nacht, Caroline. Wie gut es jetzt wäre, ein höllisches Ballett mit deinem Körper aufzuführen. Über dir einen *kongo* zu tanzen, von dem ein jeder nur träumen kann. Bis sich davon alles drehen würde, Caroline. Das Herz uns überfließen würde. Bis zum Schiffbruch. Zum Kentern. Aus Liebe. Zu dir. Um noch einmal die vagabundierende Kindheit zu feiern. Und deinen innigsten Namen wiederzufinden. Wie im Zeitenland der Jugend. Damals, in den Zeiten der kämpferischen Sorglosigkeit. Weit überströmend aus deiner Sanftheit. Zur Explosion nackter Angst und Furcht in der Abwesenheit des Vaters. Ach, bis zum Schluss hat er nicht mehr den Rauch aus den Kaminen seines Heimatdorfes aufsteigen sehen! Diese Urangst, Caroline, die unsere Träume vom anbrechenden Tag mit Schatten durchwebte. Unseren Gesang von Herz zu Herzen erstickte. Und ihren Schwung lähmte. Bis sie flügellahm waren. Der Name, der neu erobert werden muss, Caroline. In der verschwörerischen Komplizenschaft eines *kongo*. Der Name, der auf keinem Ausweis und in keinem Pass geschrieben steht. Auf keiner Stirn. Über den kein Antlitz verfügt, weil er weiter und größer ist als wir Menschen. Ungreifbar, außer in einem Augenblick der Gnade. Der Name, der zwischen zwei Zärtlichkeiten geflüstert wird. Maïté. Diese Nacht.

*

Es ist ein Abend, aus dem einfach nicht so recht was werden will. Einer der Abende, an denen nichts die Stimmung aufzuheitern vermag – weder Negersklave-und-Soldat spielen, noch Schinkenklopfen und nicht einmal den älteren Jungs bei ihren schlüpfrigen Witzen zuzuhören. Bei einem der wenigen Male, wo sie dich überhaupt in ihre Nähe kommen lassen. Sie sind dabei, dich zu verderben, wird deine Großmutter später sagen. Dabei ist es gar nicht so, dass du wegen zu dünner Suppe gar keinen Mumm in den Knochen hast. Damals ist bei euch keineswegs Schmalhans Küchenmeister. Es fehlte nicht viel, und manchmal wäre bei euch rein aus Jux und Tollerei der Kessel aufgesetzt worden. Grannie hat dich an dem Abend auch nicht auf dem Kieker, weil du tagsüber irgendeinen Streich ausgeheckt hast. Bei deiner Rückkehr – jeder muss schließlich irgendwo schlafen, lautet ihre Devise – erwartet sie dich dann immer mit Vitamin B12 in der Hand. Einem Stock mit Lederriemen, den sie hin und wieder auch eurem Nachbarn ausleiht, wenn der einem kleinen Rotzlöffel mal so richtig die Hosen strammziehen will. Du hast auch keine schlechte Note von der Schule heimgebracht. Nichts von alldem. Wahrscheinlich liegt es an der schwülen Hitze, die ein schweres Gewitter ankündigt; eines, das so stark ist, dass dabei die Hunde das Wasser durch die Nasenlöcher saufen. Vielleicht. Aber da bist du dir nicht ganz sicher. Es gibt einfach solche Tage, das weißt du inzwischen. An denen nur die Einsamkeit dir so etwas wie das Gefühl, auf der Welt nicht am falschen Ort zu sein, vermitteln kann. Ganz oben in einem Baum zum Beispiel. Weit weg vom Geschrei deiner Schulkameraden. Und auch von den Mädchen, die Seilhüpfen oder Himmel-und-Hölle spielen und sofort zu flennen anfangen, wenn sie hinfallen. Weit weg von eurem Viertel. Ja, sogar der Stadt. Dennoch wirst du an diesem Abend etwas erleben, das schöner ist als alles andere, was du bisher erlebt hast. Bis zum heutigen Tag der erotischste Moment deines Lebens.

Wo kam das Gerücht eigentlich her? Marie, die Dienerin von Yvonne, sei splitterfasernackt zu sehen, hieß es, und werde von einem wilden Geist geritten. Und schon war alles, was im Viertel einen Hosenschlitz besaß, unterwegs und stürmte zu ihr. Die Azaleen und Bougainvilleen auf dem kleinen Beet unter dem Fenster wurden dabei erbarmungslos niedergetrampelt. Eine wahre Flutwelle ergoss sich in den Hof. Ganz zu schweigen vom männlichen Spiel der Ellenbogen, um sich einen Logenplatz zu ergattern. He, weg da, du hast schon genug gesehen, jetzt bin ich dran. Zwischen zwei Hitzköpfen kommt es zu Handgreiflichkeiten. Ein vollkommen unnützes Spektakel, das zu einem anderen Zeitpunkt viele Liebhaber gefunden hätte, mit hin und her wogenden Anfeuerungsrufen. Manch einer hätte den Streit zu schlichten versucht, andere hätten erst recht Öl ins Feuer gegossen und wieder andere hätten ein hübsches Sümmchen auf den Sieg des einen oder des anderen der beiden Streithähne gesetzt. Jetzt aber beachtet sie keiner. Die Musik – wie auch das Leben – spielt heute woanders. Weshalb die beiden kriegsführenden Parteien bald einen ehrenhaften Frieden schließen und vereint versuchen, andere von ihren Logenplätzen zu verjagen.

Zu irgendwas muss es ja nützlich sein, dass du ein magerer kleiner Junge bist. Lang und dünn wie ein Strich. Was dazu geführt hat, dass die anderen dich und deinen Kumpel Freud, der so mickerig ist, dass man ihn glatt für eine tropische Artischocke halten könnte, mit dem gemeinsamen Spitznamen Li rufen, wenn ihr nebeneinander her geht. Mit den ersten Kung-fu-Filmen, die es auf die Leinwände der Insel schafften, wurde der Spitzname für Freud dann zu Li Peng erweitert, wegen seiner legendären Knausrigkeit. Aber das ist eine andere Geschichte. Na, jedenfalls ist es für dich, weil du so klein und dünn bist, kinderleicht, dich auf allen Vieren zwischen den Beinen der Größeren hindurchzuschlängeln, um dich dann in der vordersten Reihe auf den Knien aufzurichten. Du riskierst einen Blick durch eine der rautenförmigen Öffnungen ganz unten im schmiedeeisernen Gitter vor dem Fenster. Und dann – peng! Knüppeldick mitten ins Gesicht! Wenn du nicht knien würdest, hätte es dich jetzt umgehauen. Immerhin besitzt du so viel Geistesgegenwart, dass du dich an zwei Beinen festgehalten hast. Wahrscheinlich waren es die von Gabriel, an denen genauso wenig dran ist wie an deinen. Weshalb er auch den Spitznamen Zo-Poule, Hühnerbeinchen, trägt. Trotzdem hast du das Gefühl, dass dein ganzer Körper gleich zerfließt. Als würdest du an Ort und Stelle dahinschmelzen. Völlig platt. Schlicht und einfach.

Nach einer Weile fängst du dich wieder und schlägst die Augen auf, um sicher zu sein, dass du nicht geträumt hast. Aber deine Glotzer fangen jetzt zu torkeln an. Du hast Angst, dass sie aus ihren Höhlen springen könnten. Du reibst sie dir, damit sie wieder wie gewohnt geradeaus schauen und dir bestätigen, dass das wirklich Marie ist. Ganz, ganz nackt. So wie der liebe Gott sie erschaffen hat. Mit offenem Mund starrst du sie an und zugleich verspürst du in deinem Unterleib ein merkwürdiges Kribbeln. Dein kleines Jesulein wird stocksteif wie ein Stück Ebenholz. Du hältst es kaum mehr aus. Außerdem brennt es unerträglich, während seine beiden Leibwächter eiskalt sind. Du brauchst dringend mehr Luft. Schweiß bricht dir aus. Liegt es an dem Gedränge oder der Gefühlswallung?

Es dauert eine Weile, bis du dich daran machst, die Anatomie von Marie genauer zu studieren. Ein schöner, hochgewachsener Körper. Tiefschwarz und glänzend. Die Christenmenschen werden später sagen, dass das ihre Werwolfshaut war, die sie eingeölt hatte, damit sie all denen, die ihr nachstellten, besser entwischen konnte. Dummes Zeug! Zu einer so frühen Stunde sieht man doch nie Werwölfe umherstreifen. Außer es hat jemand, der besonders tapfer und heldenhaft ist und sich damit wirklich sehr gut auskennt, ihnen eine Falle gestellt. Den nächtlichen Ausflug des Teufels, der auf der Jagd nach einem Zicklein auf zwei Beinen ist, nutzt der mutige Held dann dazu, um sich in dessen Behausung zu schleichen. Sich seinen abgelegten Menschenbalg – hinter einem Wasserkrug, um ihn frisch zu halten – zu schnappen und ihn mit allen möglichen scharfen Gewürzen einzupfeffern, wobei er dazu Gebete von richtig schwerem Kaliber spricht, damit die Wirkung nicht so bald verfliegt. Und wenn der *baka** dann

---

* Der *baka* ernährt sich vom zarten Fleisch der Babys. Genauso wie seine Genossen

im Morgengrauen von seiner Jagd zurückkehrt, schafft er es nicht mehr, in seine Haut zu schlüpfen. Er jammert vor Kälte, bis es schließlich Tag wird und ein von den Klagelauten aufgeschreckter Nachbar ihn bei der Polizei anzeigt.

So kam es auch, dass die Behörden im vergangenen Monat eine Frau zu fassen bekamen, die nach außen hin völlig harmlos wirkte, in Wirklichkeit aber ein fetter Werwolf war, der sich jahrelang vom Fleisch der Neugeborenen eures Viertels ernährt hatte. Jedenfalls derjenigen, deren Eltern nicht so umsichtig waren, ihnen bei der Geburt ein deftiges Ragout aus Kakerlaken zu essen zu geben oder sie jeden Abend mit der Bibel unterm Kopfkissen ins Bett zu stecken. Wie Grannie es heute noch mit dir macht. Auch wenn dein Fleisch für einen Werwolf schon lange nicht mehr zart genug ist. Aber man weiß ja nie. Könnte sein, dass der einmal nichts Besseres zwischen die Zähne kriegt. Also, diese Dame glaubte sich jedenfalls über jeden Verdacht erhaben. Und zu Recht! War sie doch am Sonntagmorgen immer die erste, die ihre geöffneten Lippen der Hostie von Pater Bouilhaguet entgegenreckte. Und in der Karwoche schritt sie mit dem Rosenkranz in der Hand an der Spitze der Prozession einher. Seit ewigen Zeiten fühlte sie sich vor jeder Verfolgung sicher. Weshalb sie sich dann auch zu Nachlässigkeiten verleiten ließ. Und so hat man sie schließlich gefangen. Wobei dazu noch gesagt werden muss, dass sich auch Edgar noch eingemischt hatte, der einzige offizielle *oungan* des Viertels, der es leid war, dass solche Anschuldigungen immer zur Verunglimpfung des Voodoo benutzt wurden. Ein W-W-Werwolf – hier spricht Fanfan, der den *oungan* nachzuahmen versucht – ist ein W-W-Werwolf! Damit haben wir nichts zu tun! Edgar weiß nämlich Bescheid. Dafür reicht ein Blick auf seine überaus zahlreiche, quicklebendige Kinderschar. Zeichen, wenn es denn eines bräuchte, dass ihm von dieser Werwolfsbrut noch keiner bis ins Haus gedrungen ist ... Also, jedenfalls die

_{Bizango, Galipòt, Zobop, Mafreze, Movezè, Champwèl ... Wehe dem, der vergessen hat, das Blut seines Kindes frühzeitig zu verderben, oder der zulässt, dass es sich nachts zu ungehöriger Stunde draußen herumtreibt!}

alte Dame, die aussah, als ob sie kein Wässerchen trüben könnte, und zu der dich Grannie mehrmals geschickt hatte, um bei ihr zu Wucherzinsen Geld auszuleihen, wurde tot neben ihrem Wasserkrug gefunden. Ein unbehaartes Schwein, nur zur Hälfte von seiner Schwarte bedeckt. Weil sie es nicht geschafft hatte, in ihre Haut zurückzuschlüpfen, hatte sie sie verkehrt herum über sich gezogen, um sich wenigstens keine Erkältung zu holen. Sogar im Nachhinein kriegst du beim bloßen Gedanken daran eine Gänsehaut.

Im Moment aber richten deine Augen ihr Blitzlichtgewitter auf den pechschwarzen Körper von Marie. Ihre Titten? Etwas größer als die von Grannie, aber denen von Tante Venus können sie noch lange nicht das Wasser reichen. Ihr Busen ist viel üppiger. Außerdem hast du davon schon genug gesehen. Brüste, die für ihre Trägerinnen viel zu schwer waren. Magere Zitzen. Leere Beutel. Winzige Dingerchen. Wahre Balkone. Solche wie Fußbälle, wie bei Madame Cheriez, der Verkäuferin von frittierten Köstlichkeiten, die sie als Kassenschublade benutzt. Solche, nach denen man wirklich Ausschau halten muss, weil sie sich kaum vorwölben. Solche mit stolzem, hoch erhobenem Haupt. Andere, die vorwitzig die Nase in die Luft recken ... Die Brüste von Marie haben Nippel, die wie losgelöst vom ganzen Rest wirken. Fest und aufgerichtet. Aber sie machen dich nicht so an, dass du dafür jetzt gleich ausrufen würdest: Oh, Augenblick, verweile doch! Ihr Hintern? Grund genug, um vor Enttäuschung das Gesicht zu verziehen. Es ist einfach zu wenig dran. Wenn die Mysterien dich damit fangen wollen, dann sind sie vollkommen schief gewickelt. Als hätte sie deine Gedanken gelesen – bei Engeln weiß man nie –, macht Marie jetzt eine Pirouette. Wumm! Du bekommst das Schamdreieck von Marie mit den gekräuselten, kurzen, dichten Haaren direkt vor deine Glotzer. Stumm und sprachlos tauchst du in einen tiefen schwarzen Wald ein und wieder aus ihm auf, sobald Yvonnes Dienerin, die nicht aufhört, sich mit traumwandlerischer Langsamkeit um sich selbst zu drehen, dir den Rücken zukehrt. Jedes Mal, wenn du das Dickicht wieder direkt vor dir hast, steigt die Anspannung in dir bis zum Gehtnichtmehr.

Gewaltsam und heftig. Das hier ist nicht wie die Pelzchen deiner drei Cousinen, an denen du eines Abends bei Tante Sissi unter der Treppe herumgefummelt hast. Und dann erst die Wirkung. Bei jeder Umdrehung von Marie durchfährt dich ein Stromstoß, dass du wie eine kümmerliche Kokospalme geschüttelt wirst. Dir die Luft wegbleibt. Das Leben zum Stillstand kommt. Zum Glück leidest du nicht an Bluthochdruck. Sonst wärst du jetzt tot.

Weitere Einzelheiten dringen erst später in dein Bewusstsein. Bei der x-ten Umdrehung. Als Maries Paradiesgärtlein plötzlich für dich verdeckt ist. In der einen Hand hält sie eine scharf geschliffene, lange Machete und in der anderen eine Fahne. Die sie beide abwechselnd über ihrem Kopf schwenkt und um die Glühbirne an der Decke kreisen lässt. Die Gewissheit, dass ein Zusammenstoß zwischen der Machete und der Glühbirne unvermeidlich ist. Dass die Glühbirne explodieren wird. Und du des Schauspiels beraubt wirst. In allerletzter Sekunde weicht Marie dann jedes Mal noch aus. Und ihre Stimme! Tief und schwer. Plötzlich vom Singsang befreit, der für die Leute im Norden der Insel so typisch ist und den ihr so gern nachäfft, wenn ihr euch bei ihr Leckereien kauft, die sie am Straßenrand feilbietet. Das alles geht vor sich, als ob jemand anders an ihrer Stelle reden und psalmodieren würde. Du hast vorher noch nie einen Geist gesehen. Der strenge Ausdruck im Gesicht, das Schneidende, das darin liegt – wie die Klinge der Machete –, lassen dich einen Moment die jubelnde Nacktheit von Marie vergessen. Ein furchtloser Blick. Tollkühn. Es ist Ogou, vermutet Frédéric. Papa Ogou-Feray. Hör auf, solchen Unsinn zu erzählen, erwidert Gabriel. Schon mal gesehen, dass ein Krieger sich nackt auszieht? Ogou ist ein Krieger. Und außerdem hätte er seinen Rum verlangt, den er angeblich braucht, weil ihm sonst die Eier abfrieren. *Grenn mwen frèt!* Es ist Janmensou, traut sich Gary. Dummkopf! Es ist Ezili, fährt Ti-Comique dazwischen, von dem man erzählt, dass er im Peristyl von Edgar die Trommel schlägt. Schaut euch doch die Augen an. Augen wie die Mündungen der Revolverläufe von Franco Nero, die gespannt auf die nächste Gelegenheit warten: den Hinterhalt eines Banditen, das ungebührliche Verhalten eines Grünschnabels ... Sie sind tatsächlich blutrot. Noch leuchtender als die Augen von Grannies Freundin, als du sie damals mitten am Tag in einem Oratorium beim Anzünden einer Kerze überrascht hast. Der Freundin, die in der Nähe der Cour Blain wohnt und geiziger als ein Kamm mit Mäusezähnen ist. Marie dreht weiter ihre Pirouetten. Aus ihrem Mund ist in einem fort dieselbe merkwürdige Anrufung zu hören.

Viele Jahre später findest du dieselbe Gottheit auf einem Gemälde von Stivenson Magloire wieder. Als Mann aus dem Volk, der tapfer ein blankes Schwert und ein schwarzes Banner schwenkt. Ach ja, welche Farbe hat eigentlich die Fahne, mit der Marie im Salon hantiert? Schwarz wie ihr Schamhaar oder rot wie ihre Augen? Auf einmal kannst du dich an solche Feinheiten nicht mehr erinnern. Auch nicht daran, warum sie sich eigentlich nackt ausgezogen hat, was im Viertel eine Woche lang für Gesprächsstoff sorgen sollte. Für die Familienmütter und alle ordentlich verlobten Mädchen war Marie keineswegs von einem Geist besessen. Außer vielleicht dem ihrer eigenen Perversion. Glaubte man ihnen, dann wollte Yvonnes Dienerin nur die jungen Hähne des Viertels etwas aufheizen, um sie während der langen Abwesenheiten ihrer Herrin (Yvonne lebt eine Hälfte des Jahres in New York und die andere in Port-aux-Crasses) in ihren Garten zu locken. Für die Lehrer und Oberlehrer – und im Viertel gab es davon jede Menge, außer Maître Toye und Ton' Antonio noch viele, viele andere – war bei ihr die Sicherung durchgeknallt. Ein Anfall von Wahnsinn, wie er manchmal bei Menschen, die körperlich und geistig gesund sind, vorkommen kann. Den die Wissenschaft aber bis heute noch nicht erklären kann. Tatsächlich geht Marie am nächsten Tag wieder ganz normal ihren Tätigkeiten nach. Bloß dass du sie jetzt mit ganz anderen Augen anschaust. Seither machst du mit noch größerer Begeisterung den Umweg von ein paar Hundert Metern, um dir bei ihr ein »Royal Air Force« zu kaufen, einen der Maniokfladen mit Erdnussbutter, Mixed Pickles und Kresse, nach denen du dir alle zehn Finger abschleckst.

Ehrlich gesagt lässt dich das ganze Gerede in der Nachbarschaft, das auf das Ereignis folgt, ziemlich kalt. Du kannst dich auch nicht mehr daran erinnern, wie es für dich geendet hat. Ob Marie beschloss, dem Spektakel ein Ende zu setzen. Ob du durch einen

Neuankömmling, der kräftiger war als du, vertrieben worden bist. Vielleicht hat dich auch Grannie von dem Menschenauflauf weggezerrt und ins Bett gesteckt. Auf alle Fälle kam die Entscheidung nicht von dir, denn du hättest B12 und dazu ein himmlisches Strafgewitter auf dich genommen, um nicht von deinem Platz weichen zu müssen. Du weißt es nicht mehr. Totaler Blackout. Aber solange du hier in dieser Welt die Augen aufschlägst, wirst du dich an dieses Bild erinnern. Dieses Spiel von einer Sinnlichkeit, die nach dem Paradies schmeckt. Ein erstes Eintauchen in die Erotik, durch eine Gottheit ermöglicht, deren Namen du immer noch nicht weißt. Und deren Platz du lange Zeit in deinen Träumen einnehmen wolltest, um selber Marie zu reiten. Bis zum Wahnsinn. Es ist, als hättest du in den Apfel gebissen und gleichzeitig deine Unschuld bewahrt.

4
UNSCHULDIG

*

Die Unschuld, Caroline. Die Unschuld der Kindheit. Aber so rein und unbefleckt auch wieder nicht. Unschuld, halb verschämt mit dir herumgeschleppt. Wie ein Verbrechen, das du am liebsten vor den Augen der anderen versteckst – in welchem Winkel der Nacht, unter welcher Mittagssonne? – und zu dem du dich zugleich bekennst. Unschuld, dem Hochmut verfallen, der die Ängste lockert und Freundschaften löst. Wie viele Schandtaten, begangen in ihrem Namen! Und welcher Eiertanz, um sich danach wieder zu vertragen. Ohne dass die Ehre angekratzt ist. Es war einmal ein stolzer karibischer Junge, der träumte davon, ein Verbrecher zu werden. Er kannte vom Leben nur ein einziges Stadtviertel ... und das ferne Rauschen des Ozeans. Und auch noch die Flugzeuge, die Wolken wie einen Schal hinter sich herziehen. Der kleine Junge hatte nie das Wort »Vater« ausgesprochen. Kannte davon weder den süßen Geschmack noch die Bitterkeit auf der Zunge. Im Morgengrauen las er die Bibel, aber sein Held war König Pelé mit seinen Kapriolen. Und die würzige Prise des Verbrechens glaubte er im Trommelgewitter zu finden. Oh, die unendliche Unschuld, Caroline.

*

Seit dem Schauspiel mit Marie hast du vor den *lwa* lang nicht mehr so viel Schiss. Sonntags in der Kirche sind die Mädchen von Kopf bis Fuß verhüllt: die Bluse bis zum Kinn zugeknöpft, der Rock um Himmels willen weit unterm Knie endend und die Oberschenkel, wenn sie sich hingesetzt haben, so fest zusammengepresst, dass man einen Meißel bräuchte, um sie auseinanderzuzwingen. Vergeblich versucht ihr – deine Freunde Josué und Samuel und du – einen Blick auf eine nackte Stelle zu erhaschen. Ein kleines Fleckchen nackte Haut, am besten gekurvt und gewölbt, und jedenfalls mehr als bloß die Fesseln, Waden und Handgelenke. Um sich von der allzu gestrengen Predigt etwas erholen zu können. Njet! Kein Wunder, dass du die Mysterien den Mädchen vorziehst. Um mit der vollen Wahrheit rauszurücken, sie machen dich immer stärker an. Mit einer Aufgeregtheit und Freude, die dir bis dahin fremd war, schnappst du in deiner Umgebung alles auf, eine Anspielung, ein Lied, ein Trommeln. Wenn nur Grannies Verbot nicht wäre! Ein Verbot, das deinen Lebensraum allmählich auf vermaledeite Weise einengt. Dich in die Rolle des Aussätzigen und Außenseiters vom Dienst drängt. Ständig hast du das Gefühl, dass die anderen, egal ob groß oder klein, hinter deinem Rücken über dich lachen. Manchmal machen sie es ganz schamlos sogar in deiner Gegenwart. Johlen und schallendes Gelächter. Nennen dich ein Unschuldslamm. Unschuldig! Wie viele Raufereien hast du nicht wegen dieses einen Wortes angefangen! Wenn du es hörst, packt dich sofort so eine Stinkwut. Du schmeißt dich auf deinen Beleidiger. Rennst mit gesenktem Kopf in ihn hinein. Zwingst ihn mit Fausthieben in die Fresse, das Schimpfwort schleunigst hinunterzuschlucken. Staub und Spucke. Freud, der ja doch eigentlich dein bester Freund ist, landet auf diese Weise im Krankenhaus. Aus dem er mit einem Gipsarm zurückkehrt, den er dann drei Monate mit sich herumschleppen muss. Geschieht ihm recht! Was musste er auch mit den Wölfen heulen!

Es fing alles mit dem Fußballspiel an, gegen Ende des Nachmittags, auf dem Asphalt des Militärflughafens, der sich entlang eures Viertels erstreckt und auf den man gelangt, indem man erst der Überwachung durch einen übereifrigen Erwachsenen entkommt und sich dann einer nach dem anderen unter dem Stacheldrahtzaun hindurchschlängelt. Außer im Fall einer Naturkatastrophe (Landung der Yankees, Invasion durch die Dominikaner, die sich damit an der Geschichte rächen wollen, Überfall eines kommunistischen Kommandos, Putschversuch der Armee) gibt es um diese Uhrzeit weder Starts noch Landungen. Das Flugfeld gehört euch. Das Spiel ist schon seit einiger Zeit voll im Gange. Es herrscht Gleichstand. Jede der Mannschaften kämpft verbissen um den Sieg. Fuß gegen Fuß. Und mit Stimmkraft, um zu signalisieren, dass man gerade frei steht. Oder um den Stürmer anzuschreien, der eine Superchance vermasselt hat, einen ihm millimetergenau vor die Füße gelegten Pass, wie ihn nur Cruyff zu seinen besten Zeiten hingekriegt hat. Schweiß und Erschöpfung trüben allen bereits den Blick. Der Einbruch der Nacht wird das Spiel gleich beenden. Es geht jetzt um das Golden Goal: Der erste, der trifft, hat gewonnen. Und Freud, der bei euch im Tor steht, lässt sich ein lächerliches Tor reinschieben. Ein blöder kleiner Schubser, zwischen seinen Beinen hindurch. Womit der gegnerischen Mannschaft der Sieg wie auf einem Silbertablett serviert wird. Mit Ti-Bob, im ganzen Viertel wegen seiner spektakulären Paraden nur als Gordon Banks bekannt, hättet ihr niemals auf so entwürdigende Weise verloren. Und hätte der sich nicht den Knöchel verstaucht, beim Spiel gegen eine Mannschaft aus dem Hafenviertel, dann hättet ihr diesen Volltrottel von Freud sowieso niemals das Tor hüten lassen. Einen so mittelmäßigen Fußballspieler wie ihn gibt es kein zweites Mal, außer vielleicht den kleinen Dumas. Du durchbohrst deinen Freund mit einem wütenden Blick, du schwuler Blödmann, und kehrst ihm bitter enttäuscht den Rücken zu. Daraufhin er wie aus der Pistole geschossen: Wieder mal das Unschuldslamm! Da siehst du rot, rennst auf ihn zu und stößt ihn kräftig. Freud plumpst mit dem Hintern auf den Boden. Unter dem Gelächter eurer Kameraden, die sich sehr schnell in zwei gegnerische Lager aufteilen. Die Stimmung heizt sich auf. Jetzt noch eine ordentliche Rauferei, das wär's. Bevor alle nach Hause gehen und duschen. Die aus eurer Mannschaft sind fast die stärksten Antreiber, die Niederlage muss ja verarbeitet werden. Freud hat keine andere Wahl. Er bewegt sich auf dich zu. Zeichnet mit grimmigem Fuß etwas auf den Boden, da ist das Kreuz für deine Mutter, da ist das Kreuz für deinen Vater, tritt doch drauf, wenn du was in der Hose hast. Die Kriegserklärung. Eine Kampfzone, in die du, ohne zu zögern, eindringst. Weniger wegen deines Vaters, denn du hast nie einen gehabt. Er hat bei deiner Geburt ins Gras gebissen. Sondern wegen deiner Mutter. Die Mutter ist auf der Insel Gegenstand höchster Verehrung. Mindestens genauso stark, ja stärker noch als Ezili oder die Jungfrau Maria. Später wirst du erfahren, dass deine Heimat keineswegs das Monopol auf diesen Kult hat. Dass es Jungs gibt, die unter anderen Himmeln dasselbe Spiel treiben. Der Nazarener zum Beispiel hat seine Mutter flugs zur Jungfrau erklärt. Aber für solche Überlegungen hast du jetzt keine Zeit. Was Freud da gemacht hat, war Blasphemie. Und noch schlimmer, er hat sich davor über deine Unschuld lustig gemacht. Mit männlicher Hand schleuderst du ihm die Erde ins Gesicht, die jemand hastig aufgesammelt und zwischen euch geworfen hat.

Dein Freund Freud zieht sich daraufhin erst einmal weit zurück. Seine übliche Strategie. Plustert sich wie ein Truthahn auf. Die Arme zum Halbkreis vorgestreckt, Rücken gekrümmt, Kopf gesenkt. Dann geht er zum Angriff über. Stürmt wie eine ganze Kavallerie los. Für dich, der du seine Kampftechnik kennst, ist es ein Kinderspiel, ihn erst einmal kommen zu lassen, in letzter Sekunde auszuweichen, indem du leicht in die Hocke gehst, so dass sein Körperschwerpunkt über deinem liegt, und dich dann blitzschnell aufzurichten. Schon fliegt er durch die Luft und landet mit der Nase voran auf dem Asphalt. Der Anblick von Blut bremst dich nicht. Im Gegenteil. Du schmeißt dich erst recht auf ihn und bearbeitest seine Rippen mit den Fäusten. Doch bei einem Zweikampf mit dir schafft Freud es jedes Mal, aus den tiefsten Tiefen seines gekränkten Stolzes unerwartete Energien zu schöpfen. Er wehrt sich wie drei Teufel auf einmal. Mit einem kräftigen Stoß seines Beckens wirft er dich ab und steht wieder auf. Greift dich erneut an. Diesmal sogar ohne seine Lieblingsmethode anzuwenden, so sehr ist er von dir genervt. Ein Lupfer von dir mit der Hüfte, kurz zuvor bei einer öffentlichen Judoveranstaltung mit dem berühmten Satan entdeckt, der Kerl beherrscht außerdem noch Taekwondo – und Freud macht erneut Bekanntschaft mit dem Asphaltboden. Der rechte Arm, den er dabei schützend vor sich hält, gibt ein Knacken von sich. Gleichzeitig schießen ihm die Tränen in die Augen. Der Schiedsrichter, ein Medizinstudent, nähert sich ihm. Betastet den Unterarm überall, bevor er den Umstehenden verkündet: Meine Herren, der Arm ist gebrochen. Woraufhin alle schleunigst auseinanderrennen – Stadtratten in die eine Richtung, Feldratten in die andere – und dich mit dem Opfer allein lassen. Freud weigert sich standhaft, von dir Hilfe anzunehmen. Macht sich, immer noch heulend, zu sich nach Hause auf. Mit seiner gesunden Hand stützt er den gebrochenen Arm ab. Du trottest hinter ihm her. Ohne zu wissen, ob du dich ebenfalls verdrücken oder dich besser zu deiner Tat bekennen sollst ...

Deine Missetat sollte dich teuer zu stehen kommen, umso mehr als Grannie für alle dadurch verursachten Kosten aufkommen musste: für das Taxi und die Behandlung im Krankenhaus, für das Verbandmaterial und die Schmerzmittel für Freud, dieses Weichei, der einfach nicht aufhören wollte mit der Flennerei ... Dazu dann noch in den folgenden Tagen das Hin und Her ans Bett deines Freundes, um ihm Kraftbrühe, extra aus Kalbsfuß für ihn gekocht, zu bringen. Selbst unter den gegebenen Umständen führten die Duftschwaden dazu, dass dir lechzend die Zunge heraushing. Jede Menge unvorhergesehener Ausgaben, euer angespartes Geld, das eigentlich dazu hätten dienen sollen, dass ihr an mageren Tagen etwas zwischen die Zähne bekamt. Grannie flehte die Mutter von Freud an, ihr zu verzeihen – und sie tat so etwas nicht gern, Grannie, sie hatte ihren Stolz. Sie würde sich um die Sache kümmern. Und wie sie das tat! Noch am selben Abend. Da ist sie mit dem B12 wahrhaft nicht zimperlich umgegangen. Du durftest sogar noch eine Stunde auf einem Reibeisen knien. Und das alles, weil jemand dich als Unschuldslamm bezeichnet hatte. Und weil du es für dein Recht und deine Pflicht gehalten hast, dich von der Beleidigung reinzuwaschen.

Manchmal, wenn du kein Glück hast, triffst du auf einen, dem du nicht gewachsen bist. Einen, der bereits am Morgen mit dem Vorsatz aufgestanden ist, sich jemanden zu suchen, mit dem er sich prügeln kann. Bei dir, das weiß er, genügt ein Wort. Ein einziges, erbärmliches Wort und dann bist du vor Wut ganz außer dir. Für so jemanden die ideale Beute. Und weil du in diesen Momenten ohne jede *self-control* reagierst, musst du erst recht viel einstecken. Satan, der dich irgendwie ins Herz geschlossen hat, versucht dir vergeblich – und ohne dass Grannie es mitbekommt – zu erklären, dass man in solchen Situationen kaltblütig bleiben muss. Das ist die beste Waffe. Hat du schon einmal Muhammad Ali gesehen? Er umkreist den Gegner wie eine wild gewordene Wespe, aber er greift nicht an. Er beobachtet. Wartet auf den idealen Moment. Wenn sein Gegner von den vielen Geraden ins Leere erschöpft ist, wenn er die Deckung fallen lässt, die Flanke öffnet, dann schlägt er zu. Bei jedem Hieb landet er einen Volltreffer. Nimm dir das als Beispiel. Oder Bruce Lee. Der macht es noch besser. Er ist auf der Hut. Reglos. Nicht einmal ein Blinzeln. Er studiert den Feind. Lässt ihn ungestört sein Theater aufführen. Bis er dann plötzlich explodiert. Und bevor der Dummkopf weiß, wie ihm geschieht, liegt er auf dem Boden, brabbelt vor sich hin und der Speichel läuft ihm raus. Trotzdem hörst du nicht auf diese Ratschläge, sobald sich dir ein Streithahn mit einem idiotischen Lächeln auf den Lippen nähert. Einen provozierenden Tanz um dich herum aufführt, bei dem er dich von Kopf bis Fuß mustert. Um dich schließlich als Unschuldslamm zu beschimpfen und dir eine Tracht Prügel zu verpassen, die sich gewaschen hat. Wenn du dann vor ihm im Staub gekrochen bist, schickt er dich nach Hause. Doppelte Demütigung. Seit Urzeiten hat dich B12 gelehrt, nicht zu heulen, wenn du von anderen geschlagen wirst. Deshalb flüchtest du dich hoch hinauf in einen der beiden Bäume des Innenhofs, am liebsten den Mahagonibaum, der so stark wie ein Kapokbaum ist. Dort bist du weit weg von den Beschimpfungen und Beleidigungen des Viertels. Kannst davon träumen, ein Verbrecher zu sein. Wüst verbrecherisch. Und summst dabei ein Lied vor dich hin, das du auf der Gasse gehört hast:

Apre Bondye
Apre Bondye, mwen se kriminèl
Tonnè!
Mwen di: Apre Bondye
Mwen se kriminèl*

---

* Es ist die Geschichte von einem Kerl wie dir, der lauthals das Recht einfordert, ein Verbrecher zu sein. Nach Gott, wohlgemerkt.

5
DIE SPEISUNG

*

Früher einmal, Caroline. Da war der Tisch gedeckt. Auf einem Teppich wie im Morgenland. Auf einem Teppich aus alter Zeit. Da war der Tisch gedeckt. Im Land der Kindheit und des Hungers, beides ineinandergewebt. Im Land der Götter mit großer Gier und unstillbarem Durst. Nach Verehrung und Tanz. Nach Liebe und nach irdischer Speise. Heute hallt davon noch wieder, Caroline. Wie es früher einmal war. Immer dasselbe Bedauern, immer derselbe Überfluss an Worten. Der Tisch war gedeckt. Und alle Welt war geladen. Die Geräusche der Stadt, Abenddämmerung, Lieder, mit scheuen Lippen gesungen, Körper, sich in sachtem Rhythmus wiegend ... Auch die großköpfigen roten Ameisen. Alle waren geladen. Nachbarn, die in die Ferne verstreute Familie, die Schuhputzer Faustin, Merlet, Ti-Blanc und Lord Harris und die Händlerinnen vom Straßenrand, vor eurem Haus ... Auch die Zaungäste, vom Duft herbeigelockt. Alle eingeladen, die Götter zu ehren. Bis zum frühen Morgen. Sich in den Hüften zu wiegen und sich den Bauch vollzuschlagen. Nur das Kind nicht. So nah dran. Nur das Kind nicht, dem es so an Gemeinschaft und Überfluss mangelt. Nur das Kind nicht. Dennoch.

*

Schneller, als du zu hoffen gewagt hast, ergibt sich für dich die Gelegenheit, ein Verbrecher zu sein. Und zwar an einem Nachmittag, als Grannie immer noch nicht nach Hause kommt. Die Dämmerung lugt gerade eben mal hinter der untergehenden Sonne hervor. Noch ein paar Minuten und die Stadt wird in Dunkelheit getaucht sein. Zack! Wie ein Fallbeil. Jedermann beeilt sich, an den heimatlichen Herd zurückzukehren. Bis auf die natürlich, deren Tagwerk erst um diese Stunde beginnt: die Straßenverkäuferinnen unter den Laternen mit ihren Frittiertiegeln, Halbstarke, Zuhälter, Nachtschwärmer aller Art ... Eine ganze Mischpoke verdächtiger Individuen, von deren Existenz du, wenn es nach Grannie ginge, überhaupt nicht wissen dürftest. Nach der Geschichte mit Freuds gebrochenem Arm war mit dem Fußballspielen auf der Asphaltpiste des Militärflughafens erst einmal Schluss. Nach der Schule schleppt seither jeder von euch sein Knochengestell wie ein streunender Hund mit sich herum. Auf der Suche nach einer Beschäftigung, solange bis es Zeit fürs Abendessen ist, jedenfalls für die, die eins bekommen werden. Du trödelst nur allzu gern ein wenig vor den Fenstern von Tante Venus, der älteren Schwester von Grannie, herum, deren Haus auch auf den gemeinsamen Hof geht. Bei großer Hitze schlaft ihr oft alle miteinander im Freien, in einem fröhlichen Durcheinander, zu einer einzigen, großen Familie verschmolzen. Eure Nachbarschaft trifft sich gut, denn Tante Venus hat an dir einen Narren gefressen. Immer ein paar nette, freundliche Worte für dich übrig. Und kleine Geschenke in Hülle und Fülle. Außerdem Leckerbissen für dich. Dein großer Appetit hat sich bereits über die Verwandtschaft und das Viertel hinaus herumgesprochen. Tonton Michel, ein Nachbar und langjähriger Freund der Familie, kann sich immer gar nicht mehr einkriegen, was für große Mengen an Nahrung du zu vertilgen imstande bist. Genug, um drei Erwachsene mit weit überdurchschnittlichem Hunger sattzukriegen. Phä-no-me-nal, begeistert er sich. Ganz einfach phä-no-me-nal. Man fragt sich, wo der Junge das alles hinsteckt. Das hast du bestimmt bereits erwähnt: Du bist ein langer, dünner Strich in der Landschaft. Böswillige Zungen könnten glatt behaupten, dass Grannie lieber ihre Münzen in den Opferstock steckt, statt dir zu Hause dein hungriges Maul zu stopfen. Manchmal tut Ton' Michel so, als ob er dich zusammen mit seinen Kindern – Nancy, in die du wahnsinnig verknallt bist, Ielson, Jude und Betty – in seinem Transporter zu einem Ausflug mitnehmen will. In Wirklichkeit sperrt er dich in ein Zimmer ein, um dich dort mit allem, was essbar ist, zu verwöhnen. Sogar mit Lebensmitteln, die von den Zehn Geboten verboten sind. Nicht vollstopfen, verteidigt er sich gegenüber Tante Odette, ich trainiere mit ihm. Seine Frau befürchtet nämlich – zusätzlich zum Verstoß gegen die Speisegesetze –, dass du dir den Magen verdirbst. Weshalb sie ihm entgegenhält: Aber mit seiner Großmutter machst du das nachher allein aus. Du weißt, wozu sie fähig ist, sobald es um ihren Enkel geht. Wenn ihm danach schlecht ist, wenn er vielleicht sogar kotzen muss, wird sie sämtliche biblischen Plagen auf dich herabwünschen. Ich trainiere doch nur mit ihm, Schatz, erwidert Ton' Michel noch einmal. Es handelt sich für ihn um die Erfüllung eines langgehegten Traums, das vergisst er dabei ganz zu sagen. Er will dich nämlich beim großen Landeswettbewerb gegen Ti-Lolit antreten lassen, den größten Vielfraß auf der Insel. Gerüchten zufolge in der Lage, eine überabzählbare Menge an Keksen, Kochbananen, Krebsen, Avocados und Yamswurzeln in sich hineinzuschaufeln.

Und wie du also an diesem Nachmittag zu Tante Venus hinüberschlenderst – zu irgendwas ist das Herumschlendern schließlich auch gut –, entdeckst du dort eine Tafel, die so üppig gedeckt ist, wie du es noch nie in deinem Leben gesehen hast: Brathähnchen, gegrillte Maiskolben, Schüsseln mit weißem Reis, Reis mit getrockneten Pilzen, Reis mit roten Bohnenkernen, geschmorte Ente, gedämpfte Auberginen, Süßkartoffelkuchen, Limonade, echter Rotwein aus Frankreich, mit Sternen dekorierter Rum ... Und das ist nicht alles, du entdeckst auch noch Verlockenderes, wie Schweinefleisch und Fische ohne Schuppen – Genüsse, die dir durch die sabbatfrommen Vorschriften deiner Großmutter verboten sind. Kurzum, ein unglaubliches Festessen ist da aufgetischt.

Die Gäste würden bestimmt bald kommen. Der Clou aber ist eine weiße Cremetorte, über und über mit blauen, rosa und goldenen Zuckerkügelchen verziert, die in der Mitte des Tischs thront und alle anderen Speisen hoch überragt. Vor lauter Staunen bleibt dir der Mund offen stehen und Speichel tropft heraus. Was treibst du hier? Tante Venus ist hinter dir aufgetaucht. Sie hat die Augen erschrocken aufgerissen. Trotz ihrer schweren Schritte hast du sie in deiner Verzückung nicht kommen hören. Verschwinde. Ich will mir von deiner Großmutter nicht in Zukunft anhören müssen, wir hätten uns an dir versündigt. Los, verschwinde. Aber du bietest ihr die Stirn. Weigerst dich zum ersten Mal in deinem Leben, einem Erwachsenen zu gehorchen. Kommt nicht in Frage, dass du ein solches Festmahl verpasst. Am Ende musst du nur deshalb das Feld räumen, weil die Nachbarn mit vereinten Kräften Tante Venus zu Hilfe eilen. Sie selbst schafft es nämlich nicht, dich zu packen. Du entschlüpfst ihr immer wieder. Denn sie muss ja ihre Brüste mit sich schleppen, die in alle Richtungen schwappen, und außerdem kommt sie schnell außer Atem. Du lässt sie im Hof ein paar Runden hinter dir herjagen, bis die Nachbarn dich schließlich ziemlich unsanft nach Hause geleiten. Wie einen Ausgestoßenen. Einen Unreinen. Noch schlimmer. Ein Unschuldslamm.

Du flüchtest dich ins Haus, voller Wut im Bauch, ohne eine Erklärung für das Verhalten von Tante Venus finden zu können, die es doch normalerweise immer so gut mit dir meint. Doch dein Leidensweg ist an diesem Tag noch nicht zu Ende. Ganz als hätte ein grausamer Gott seine Freude daran, dich Vielfraß einer harten Prüfung zu unterziehen. Ein paar Augenblicke später hörst du nämlich im Hof das Geräusch von Schritten. Als du daraufhin den Kopf durch die Tür steckst, siehst du Faustin, den Schuhputzer, unter dem Oleanderbaum knien; den Hintern zum Himmel gekehrt, der Oberkörper mal in dem Loch verschwunden, das er mit einer Machete gerade gräbt, mal wieder daraus auftauchend. Lange Zeit hast du geglaubt, dass der Boden rings um den Oleander als einzige Stelle im Hof nur deshalb nicht zementiert ist, damit die Wurzeln des Baums sich frei entfalten können und man ihn problemlos gießen kann. Und wenn Grannie sich alles Mögliche einfallen ließ, damit niemand den Baum anrührte, dann deswegen, weil sie anderen gern Angst einjagte. Einfach so. Grannie denkt sich eben gern alle möglichen Geschichten aus. Die wirkliche Erklärung ließ nicht lange auf sich warten. Als Faustin mit seiner Arbeit fertig ist, verschwindet er ins Haus, nur um kurz darauf mit einem Teil der Nahrungsmittel, die kurz zuvor noch auf dem Tisch gestanden hatten, wieder herauszukommen. Direkt hinter ihm folgt Tante Venus, ganz in Weiß gekleidet, ein weißes Tuch um den Kopf gewickelt und mit einem blauen Seidenschal um den Hals. Sie trägt die Torte vor sich her, bei deren Anblick dir im Mund das Wasser überläuft. Der Speichel rinnt dir nur so herunter. Iota und Ella beschließen die Prozession mit einem riesigen Tablett, auf dem die restlichen Speisen prangen. Es ist noch hell genug, dass du sehen kannst, wie Grannies ältere Schwester am Fuß des Oleanders dreimal aus einem kleinen Topf Wasser versprengt. Wie sie die Torte wieder nimmt, die sie Faustin kurz überreicht hatte, und sie allen vier Himmelsrichtungen darbietet. Wie die zwei Dienerinnen mit dem Tablett es ihr nachtun. Wie der Schuhputzer sich danach am Rand des Lochs, das er gegraben hat, hinkauert, sich auf einer Hand abstützt und mit der anderen feierlich die Speisen, die Iota ihm eine nach der anderen reicht, darin verschwinden lässt. Schließlich bedeckt er das Ganze mit Erde und stellt darauf eine bereits angezündete Sturmlaterne ab.

Was du siehst, überwältigt dich dermaßen, dass du nicht hörst, wie Grannie nach Hause kommt. Sie zerrt dich aufs Bett und knallt wütend die Tür zu. Dass ich dich nie mehr dabei erwische. Nicht bei solchem Teufelszeug. Hörst du? Nie mehr! Wenn ich doch bloß das Geld zusammenbrächte, murmelt sie, um von dem Hof hier wegzuziehen. Das bescheidene Häuschen, das ihr bewohnt, gehört nämlich Tante Venus, die von Grannie dafür eine lächerlich niedrige Miete verlangt. Seit vielen Jahren hofft Grannie nun schon darauf, dass sie endlich genug Kohle hat, um sich vom Acker zu machen. Aber das Geld wächst nicht auf den Bäumen oder wenn, dann jedenfalls so weit oben, dass der Arm einer alten Frau da nicht hinaufreicht. Deshalb auch die ständige unterdrückte Wut von Grannie. Die dir jetzt die Bibel in die Hand drückt und dann auf die Veranda hinausgeht, um dort Haferbrei fürs Abendessen zu kochen. An diesem Abend und an den folgenden Tagen vermeidet sie es, den Hof zu betreten. Mühsam schluckst du die Tränen hinunter, allein auf deinem Bett. Wenn du dich von ihr dabei erwischen lässt, wie du heulst, dann bekommst du die doppelte Tracht Prügel. Das ist so sicher wie das Amen in der Kirche. Du kapierst beim besten Willen nicht, warum Tante Venus dir von dem Essen nichts gegeben hat. Wenn es danach sowieso nur für die Ameisen war. Und so viel können die doch gar nicht vertilgen! Die Torte verfolgt dich in deiner Kindheit viele, viele Nächte lang. Mit ihren blauen und rosa Zuckerkügelchen. Ihrem Zuckerguss, weiß wie Schnee. Du bedauerst es, dass Grannie keine Anhängerin dieser Religion ist, wo man mit Engeln ein so fürstliches Mahl teilt! Nächtelang träumst du nur davon. Die verbotene Frucht. Genauso wie es für dich an diesem Abend der Körper von Caroline ist, die weiter neben dir schläft, einen Schlaf, der seit ein paar Augenblicken etwas unruhig wirkt. Ihr Körper, den du so gern umarmen würdest. In dieser Nacht mehr als in jeder anderen. Weil du in dieser Umarmung etwas von dem Land wiederzufinden hoffst, das sich dir in deiner Kindheit verweigert hat. Und auch heute noch deine Annäherungsversuche zurückweist.

6
DER BÖSE FUSS

*

Ein Lied, Caroline. *Une chanson douce*, um genau zu sein. Wie Balsam auf ein Holzbein. Einschmeichelnd süß. Eines wie Grannie es dir freilich nicht vorgesungen hat. Aber das nach deiner Haut schmeckt. Dir die fernen Nächte des Anfangs zu füllen vermag. Dein Vagabundentum verwurzelt und den Schwindel angesichts der Leere. Der Geschmack des Raums, aber auch der Zeit der Heimat. An die du keine Erinnerung hast, außer du erfindest sie dir. Ein Lied, so sanft wie deine Stimme, Caroline, zögerlich, die Leere und das Anderswo auszusprechen, in dem wir geborgen sind. Das den Geschmack der verlorenen Kindheit hat. Des Anbeginns aller Berührungen. Mit deiner Haut und mit deinem Lachen, deinem so kostbaren Lachen. Mit deinem Leib, in der Urzone des Lebens, sein Zucken unter dem meinen, schwankend wie ein kenterndes Boot. Mit deinen drängenden Ängsten. Wie sehr es dir gefällt, dein Zwillingswesen zu betonen. Eine Maske deiner selbst. Als wärst du Tag und Nacht von einem schalkhaften heiligen Verführer geritten. Den du unendlich herbeirufst. Wenn du dich nur der Befragung entziehen kannst. Dem Blick des anderen, der deine Vergangenheit erforscht. Dem Nachlauschen, wenn dein Lachen manchmal zart und manchmal derb ist. Ein sanftes Lied, um den trägen Körper der Zeit erzittern zu lassen.

*

Eine halbe Ewigkeit ist es jetzt schon her, dass Tonton Wilson aus New York zurückgekehrt ist und bei euch Zuflucht gefunden hat. Ohne viel Federlesens beschlagnahmte er den alten Schaukelstuhl, den die Ahnherrin Lorvanna hinterlassen hatte, und seither sitzt er den lieben langen Tag auf der Veranda, genau an derselben Stelle wie früher die Alte. Wiegt dort seine Angst hin und her. Sein einziger Zeitvertreib besteht darin, mit einem dümmlichen Grinsen im Gesicht das Treiben auf der Straße zu beobachten, genau wie früher sie. Vor allem aber mit der Handfläche seinen rechten Fuß zu betätscheln. Nicht selten kann man ihn auch zu seinem klumpigen Glied sprechen hören, als würde er sich an einen Menschen wenden. Dann flüstert er ihm auf Englisch zärtliche Wörter zu, deren tiefere Bedeutung jeder versteht, sogar du, obwohl sich dein Wortschatz auf *gimme five, I love you* und *son of a bitch* beschränkt, dazu noch die Liedtexte der Jackson Five, die du, sobald Grannie aus dem Haus ist, wie ein gelehriger Papagei vor dich hin plapperst, ohne davon auch nur ein Wort zu begreifen. Von Zeit zu Zeit, wie von einem unbeherrschbaren Impuls getrieben, fängt er an, sich den Fuß wütend zu reiben, manchmal bis aufs Blut, und dazu brüllt er aus voller Kehle das Lied eines Sängers namens Ti-Paris, das seit kurzem im Radio gesendet wird und bereits ein unglaublicher Hit geworden ist. Man braucht nur den Apparat anzudrehen, und ob man will oder nicht, schon dröhnt die heisere Stimme von Ti-Paris heraus:

Ou dous, Lina.
Ou fout dous!
Ou gou*

---

* Die Geschichte eines Mädchens, das Lina heißt. Sie ist schön und sanftmütig und das alles, aber sie weiß es auch ... und macht sich einen Spaß daraus, die Jungs scharenweise in Liebeskummer zu stürzen.

Dazu knarzt der alte Schaukelstuhl mit allem, was er zu bieten hat. Eine merkwürdige Jam-Session, zu der auch noch die morschen Dielen ihren mürrischen Kommentar abgeben.

Um ehrlich zu sein, begann Ton' Wilson seinen Auftritt anfangs mit einem anderen Stück, das dem Zustand seines Fußes angemessener war. Darin flehte er Kräuter mit fragwürdigen Heilkräften an, ihm das Leben zu retten.

Fèy o! sove lavi mwen
nan mizè mwen ye o ...

Weiter als bis zum dritten Vers der ersten Strophe kam er nicht. Grannie warf sich nämlich sofort dazwischen, das gibt's bei mir nicht, und hat es ihm in die Kehle zurückgestopft. Laut der Erkundigungen, die du danach bei Fanfan einholst, handelt es sich dabei um die Kla-Kla-Klage einer Mutter, die einen *oungan* um die Be-Be-Behandlung eines schlimmen Übels bei ihrem Sohn anfleht. Dein Cousin Fanfan erklärt sich bereit, dir das Lied beizubringen, wenn du ihm dafür am Abend die Hälfte vom Haferbrei auf deinem Teller abgibst. Für ein Lied, das du früher oder später sowieso auf der Straße mitkriegst, erscheint dir der Preis viel zu hoch.

Alles eine Frage der Zeit. Solche Mauscheleien haben meistens kurze Beine. Aber nicht weiter wichtig. Wenn jemand bei einem *oungan* das Heilmittel für ein Übel sucht, reicht das in deinen Augen aus, um Grannies Reaktion zu rechtfertigen. Und so ist es dann also gekommen, dass Ton' Wilson sich auf das Chanson von Ti-Paris verlegt hat. An dessen Anzüglichkeit Grannie sich wohl oder übel gewöhnen musste. Sie kann ihrem Lieblingsneffen schließlich nicht alles abschlagen.

Ton' Wilsons Einquartierung bei euch war eine schwierige Angelegenheit. Noch komplizierter als die Vergangenheitsform des Passé simple beim Verb »clore«, bei der du dich in der Schule schon oft unentwirrbar verstrickt hast. Jedes Mal, wenn du danach abgefragt wirst, erfindest du sie nämlich neu, obwohl sie gar nicht existiert. Eure Lehrerin hat sich nie die Mühe gemacht, dir zu erklären, warum es sie verdammt noch mal nicht gibt. Zunächst einmal deswegen – und jetzt ist wieder von Ton' Wilson die Rede –, weil seine Mutter, also Tante Luciana, mit Grannie dauernd ein Hühnchen zu rupfen hat und sie wüst beschimpft, weil sie die großen und kleinen Leute in unserem Viertel mit demselben Respekt behandelt ... oder derselben Verachtung, je nachdem. Ohne Rücksicht auf ihr Bankkonto, die Anzahl der Bediensteten, ihre mehr oder weniger helle oder dunkle Hautfarbe. Also, jedenfalls hätte es durchaus sein können, dass Tante Luciana in dieser Beherbergung ihres in höchster Not befindlichen Sohnes einen heimlichen Versuch von Grannies Seite sah, so etwas wie eine Kriegslist der Sioux-Indianer, Ton' Wilson ihrer eigenen, etwas arg vertrackten Mutterliebe zu entziehen. Wenn es das nur gewesen wäre! So einfach! Für den, der die scheinbar banalen Tatbestände und Sachverhalte des Alltags zu deuten versteht – und Fanfan ist da ein Zeichendeuter der Extraklasse –, weist die Anwesenheit von Ton' Wilson bei euch im Haus nämlich auf etwas weitaus Schwerwiegenderes hin: dass Grannie an seinem bösen Fuß schuld ist! Denn genau darum handelt es sich, einen Fuß, der eines Tages einfach angeschwollen ist, begleitet von heftigem Juckreiz, ohne dass die besten Hautärzte von ganz New York, ge-ge-genau so war's, den Grund dafür haben finden können und deshalb auch nicht die richtige Therapie. Und wenn man in New York für ein Problem keine Lösung hat, dann auch nirgendwo sonst, das weißt du so gut wie ich. Nie-Nie-Niemand kann das dann, d-d-das sag ich dir. Selbst die Franzosen nicht, obwohl sie den Citroën DS erfunden haben, der sich von ganz allein senkt und wieder hebt. Weshalb du ein Exemplar davon, ganz in Schwarz, auf dem Weg zur Schule immer so lange anstaunst und darauf wartest, dass der Chauffeur den Motor anlässt und der Wagen seine langsame Schaukelbewegung vollführt, dass du manchmal zu spät kommst ... und dich dann im Klassenzimmer gleich in die Ecke stellen musst.

Also, trotz vieler Röntgenaufnahmen, trotz vieler Pillen in allen möglichen Farben und Geschmacksrichtungen wurden die Schmerzen schließlich so stark und der Fuß so dick, dass der arme Ton' Wilson zu arbeiten aufhören musste. Und das, wo er gerade einen so guten Posten hatte, das ka-ka-kann man wohl sagen. Wenn der Jude dich in seinem Geschäft so weit hochklettern lässt, mu-mu-musst du für ihn wirklich unverzichtbar sein. Für die kleine Gemeinschaft der Abkömmlinge der Cour Blain, die sich in der Fremde zu einer Sondersitzung zusammenfand, kam es nicht in Frage, dass Ton' Wilson sich unters Messer legte – einer der aufgesuchten Ärzte hatte vorgeschlagen, den Fuß zu amputieren, damit eine Ausbreitung des Übels aufs ganze Bein verhindert wurde. Es gibt Dinge, die die Medizin der Weißen eben nicht erklären kann. Diese Krankheit hat andere Ursachen. Wilson muss von hier wieder so abreisen, wie er gekommen ist: auf seinen zwei Beinen. Er wird in der Cour Blain das Heilmittel für sein Leiden finden.

Als Ton' Wilson dann aber vor Ort war, gab die *manbo* vom Dienst unumwunden zu, nichts für ihn tun zu können, und ließ ihn wissen, dass es für ihn nicht der Mühe wert sei, in die verschiedenen *ounfò* zu rennen und sein Geld an Zauberlehrlinge, *bòkò* und Scharlatane aller Art zu vergeuden – Grannie allein halte den Schlüssel zu seiner Heilung in der Hand. Keinen einzigen Augenblick lang dachte die *manbo* daran, dass die Anwesenheit von Ton' Wilson bei euch im Haus vom ganzen Viertel falsch interpretiert werden würde. Oder vielleicht war sie ja auch auf Grannie und ihre Fähigkeiten eifersüchtig und tat nur so, als würde sie nicht daran denken. Mit einem Wort, Grannie sei dabei, ihn aufzufressen. Das begonnene Werk zu vollenden. Und die bösen Zungen fingen an, ihr Gift zu verspritzen. Sie war's, sie hat ihm einen präparierten Brief nach New York geschickt. Hat ihm aus der Ferne den Stoß versetzt. Er hat das Pulver eingeatmet, konnte gar nicht anders. Der Arme hat den Umschlag völlig arglos geöffnet, der Brief kam ja schließlich von seiner Tante. Einer Gottesdienerin, nur ganz nebenbei erwähnt. Die Scheinheilige! Treibt ihr verstecktes Spiel. Sieht doch jeder, dass sie nicht unschuldig sein kann, mit ihren Psalmen und Sprüchen zu allen möglichen und unmöglichen Gelegenheiten. Seit wann gibt es denn so was, unser schwarzes Treiben mit den Gebeten der Weißen zu vermischen? Deshalb, meine liebe Frau Nachbarin, haben sie ihr auch den lebenden Leichnam des Kerls frei Haus geliefert, ihn ihr ganz in die Hände gegeben, vor aller Augen. Damit die Polizei, wenn ihm irgendetwas zustoßen sollte, gleich weiß, an wen sie sich zu halten hat.

Die Familie selbst ist weit davon enfernt, solche Verdächtigungen zu teilen, wissen doch alle, wie sehr Grannie an ihrem Neffen hängt. Dass sie überhaupt nicht in der Lage wäre, ihm etwas Böses zu wünschen oder auch nur ein Haar zu krümmen. Vor der Abreise von Ton' Wilson nach New York war es häufig vorgekommen, dass er sich bei Missstimmigkeiten mit seiner Mutter ins Haus von Grannie flüchtete, das als eine Art neutraler Boden galt, wo Tante Luciana nicht immer persona grata war. Dort blieb er dann zwei oder drei Tage, stillschweigend geschützt vom Gesetz der Extraterritorialität, bis seine Fürsprecherinnen und Fürsprecher, angeführt von Tante Venus oder einem anderen Erwachsenen, der sich zu einer Einmischung in die Angelegenheit ermächtigt glaubte, ihn wieder an den heimischen Herd zurückgeleiteten. Diesmal aber ist es eine Prozession von Familienmitgliedern in umgekehrter Richtung, mit Tante Luciana ganz am Schluss. Eine eindrucksvolle Delegation naher und ferner Verwandter, die du seit deinen Milchzähnen nicht mehr gesehen hast, wird bei Grannie vorstellig, um sie zu bitten, dass sie ihnen dabei hilft, den Fuß von Ton' Wilson zum Abschwellen zu bringen. Die Familie hat jetzt nur noch dich. Du musst etwas tun. Den Schuldigen an diesem Malheur wissen lassen, dass es sich bei Wilson um kein Hirsekorn handelt, das hier auf der Veranda in der Sonne verdorrt, von allen vergessen und verlassen, und vom nächsten Vogelschnabel aufgepickt werden kann. Woraufhin Grannie ihnen erklärt, ihr wisst ganz genau, dass ich dem Teufel den Rücken zugekehrt habe. Warum nehmt ihr das nicht zum Anlass, dem Satan und den Verlockungen des Bösen genauso wie ich zu widersagen? Da ergreift Ton' Antonio das Wort, der jüngste der sieben Brüder und Schwestern, ein Schuldirektor, der daran gewöhnt ist, den *advocatus diaboli* zu spielen. Ich stimme dir da ja vollkommen zu, doch würde es wohl Gott selbst in seinem unendlichen Mitgefühl kaum verstehen, dass du dieses Kind (in den Augen von Ton' Antonio ist und bleibt Ton' Wilson, obwohl er Frau und Nachkommenschaft in New York hat, immer noch ein Kind) wie einen Ausgestoßenen sterben lässt. Ohne auch nur den kleinsten Finger zu rühren. So schnell gibt Grannie sich nicht geschlagen. Ihr könnt ihn weiter hier lassen, wenn ihr wollt. Mein Haus steht ihm jederzeit offen. Bringt ihn, wohin ihr es für richtig haltet. Danach nehme ich ihn gern wieder bei mir auf. Aber alles, was ich für euch tun kann, ist für ihn beim Allerhöchsten Fürsprache zu halten.

Ton' Wilson lässt diese Verhandlungen gleichgültig über sich ergehen. Er hört nicht auf, vor sich hin zu singen und Lina anzuflehen, sie möge ihm mit der Peitsche auf den Hintern schlagen. Manchmal steigen ihm dabei Tränen in die Augen, laufen ihm übers pausbäckige Gesicht und den leicht ergrauten Bart. Nach einer Pause, in der er gierig an seiner amerikanischen Zigarette zieht – er hält sie in der linken Hand, denn die rechte hat er um seinen bösen Fuß gelegt –, kratzt er sich dann weiter und singt dazu:

Ou dous, Lina.
Ou fout dous. Ou gou. (mit Wiederholung)
Ou gen konsyans ou goud
Epi ou bòn ankò

Ay Lina (mit Wiederholung)
Ay Lina manman
chache on batwèl
pou bat dada m

7
DIE BEHANDLUNG

*

Die Wahrheit, Caroline. Die Wahrheit über diesen Mann wird mitten in der Nacht gesprochen. Ohne Beistand oder Gericht. Auf der Kehrseite des Tags und seiner lärmenden Einwürfe. Die Geräusche bei Nacht sind nur das nachhallende Echo des Geredes bei Tag. Die Nacht ist Schweigen. Stille. Nachlauschen ... bis ins Herz. Unser Herz. Nur die Ängste dafür eine Weile ruhen, ihr Tam-Tam in unserem Kopf erlöschen lassen. Allein die Nacht heilt von den Leiden des Tags. Wird zur Herberge für das Duell mit dem anderen in uns, mit uns selbst. Kein Harnisch ist mehr umgetan. Der kleinste Stoß trifft. Die Nacktheit. Da ist seine Wahrheit. In diesem Zwiegespräch ohne Rüstzeug oder Schiedsrichter. Im tiefsten Eintauchen in sich selbst. Um als neuer Mensch daraus hervorzugehen. Dem bei der Geburt ausgesetzten Kind gleich. Eine Wahrheit, die dir als Kompass dient, egal wohin du gehst. Die Wahrheit, Caroline. Seine Wahrheit als Mensch und als Mann.

*

Bereits einen Tag nach dem Gipfeltreffen sollte Grannie vom Wort zur Tat schreiten. Tag und Nacht wurde seither das Haus von den Gebeten ihrer Glaubensgenossinnen und -genossen erschüttert, die sich in beeindruckender Menge bei euch die Klinke in die Hand gaben, um dem Wirken Satans die Stirn zu bieten. Wozu sicherlich nicht wenig beitrug, dass nach getaner Arbeit und überstandenem Fasten auf sie Pasteten, Reis mit frittierten Fischchen und Portulak sowie Pampelmusenwackelpuddings warteten. Es war wie bei der wunderbaren Brotvermehrung. Alles unablässig aufgetragen von Iota und Ella, den beiden Dienerinnen von Tante Venus, die zu diesem Anlass eigens von Grannie engagiert worden sind. Galt es doch, die tapferen Gotteskrieger und -kriegerinnen in ihrem Endkampf gegen den Teufel zu stärken. Währenddessen machte sich Fanfan zum Sprachrohr all der anderen Versionen über den Ursprung von Ton' Wilsons Übel, die in der Nachbarschaft im Umlauf waren. Grannies Neffe, ein durchaus attraktiver Mann, habe sich den bö-bö-bösen Fuß geholt, als er der Geliebten eines Artiboniters schöne Augen machte. Dabei weiß doch jeder, dass man mit solchen, die aus Artibonite stammen, besser nicht aneinander gerät: Man kann ihnen nämlich nicht trauen. Ihre Streitigkeiten, das ist überall bekannt, regeln sie entweder mit der Machete oder mit Zaubersprüchen. Der bö-bö-böse Fuß ist eine Wa-Wa-Warnung. Und das alles nur, weil der ge-ge-gehörnte Liebhaber als Freimaurer derselben Loge angehört wie das rechte Ei von Ton' Wilson (zu lesen: ein Typ, der mit beiden dick befreundet ist). Für den Fall, dass der sich unterstehen sollte, mit seinen Avancen fortzufahren, drohte der Mann ihm damit, ihn mit einem *chita tann* zu belegen. Kurzum, einen Gang raufzuschalten. So ist's gewesen, ich schwör's, sagt Fanfan, keiner kann ihm mehr helfen, selbst Ya-Ya-Yatande nicht, und er versucht dabei, möglichst leise zu sprechen, falls Grannie plötzlich hereinkommen sollte. Doch die Anstrengung, die es ihm abverlangt, seinen Satz herauszubringen, führt dazu, dass er den Schwur nur umso lauter brüllt.

Kurze Zeit später kommt dein Cousin mit einer anderen Version der Ursache für Ton' Wilsons Krankheit an: Er sei nämlich

Opfer von Neid und Eifersucht eines Arbeitskollegen geworden, der es Ton' Wilson übel nahm, dass er zur rechten Hand des Chefs aufgestiegen war. Und sich ein *family house* hatte kaufen können, während der Kollege mit seiner lärmenden Kinderschar nach wie vor – und noch dazu zur Miete – in Brooklyn in einer lächerlichen Dreizimmerwohnung hauste. Aber weder die Gebete noch die Mutmaßungen über die Ursache für seinen bösen Fuß können Ton' Wilson, der fast immer gute Miene zu diesem Spiel macht, daran hindern, dass er ab und zu die über seinen Kopf gehaltenen Hände abschüttelt. *Al carajo*, zum Teufel damit, alle Versuche, durch göttliches Wirken das Übel zu kurieren, bleiben ja doch erfolglos. Und aus vollem Hals sein Liedchen erdröhnen lässt: *Ay Lina. Ay Lina. Ou dous, Lina. Ou fout dous.* Woraufhin Grannies Betbrüder und Betschwestern ihn jedes Mal wie versteinert anstarren. Und ihren Ohren nicht zu trauen glauben, dass in einem Haus, das überall als Hort und Heim der himmlischen Heerscharen bekannt ist, plötzlich so schlüpfrige Wörter zu hören sind. Völlig ratlos sind, wie sie sich vor diesem Angriff eines Feindes von andersgearteter überirdischer Macht schützen sollen.

Nach einer Woche jedoch verlieren die Gebetszusammenkünfte an Schwung. Kaum dass die Anrufungen bis übers Wellblechdach, das bei starkem Regen mit seinem Geprassel dazu seine eigene Musik spielt, hinausdringen. Die Sitzungen nehmen aber auch deshalb ein immer schnelleres Ende, weil Grannie, in deren Haushaltskasse inzwischen ein bedenklich großes Loch gerissen ist, angefangen hat, die Portionen auf den Tellern zu rationieren. Sie werden immer kümmerlicher, bis als Vesper für die wackeren Fastenden und Betenden nur noch eine kleine Portion Reis und ein halber Becher Saft übrig sind. Eine Gastfreundlichkeit, die nicht mehr alle zu schätzen wissen. So dass bald nur noch »Brüder« und »Schwestern« vorbeikommen, die sich kurz nach Neuigkeiten vom Kranken erkundigen und für eine kleine Mahlzeit, so die unausgesprochene Regel, im Gegenzug ein Stoßgebet sprechen, in dem sie um Heilung bitten. Nach sieben weiteren Tagen wacht Grannie allein bei Ton' Wilson. In ihren Augen stehen Tränen der Ohnmacht, durch die dicken Gläser ihrer einbügeligen Brille noch weiter vergrößert. Sie schluckt sie schnell hinunter, als du dazutrittst. Denn was für eine Lehrmeisterin wäre sie denn sonst? Jemand, der eine Sache predigt und selber das Gegenteil davon tut? Das ist nicht ihr Stil. Man darf vor dem Feind nie die Waffen strecken, das hat sie dir beigebracht. Für jedes Problem gibt es mit Hilfe des Allerhöchsten eine Lösung ... die ihr diesmal im Traum kommt. Durch die Stimme der eigens aus Guinea zurückgekehrten Ahnherrin Lorvanna, die ihr befiehlt, sich mitten in der Nacht zur Statue von Madame Colo zu begeben. Madame Colo, die wie der Mittelpfeiler eines Peristyls in Port-aux-Crasses zwischen der Rue du Peuple und der Rue Macajoux aufragt und über die vier Himmelsrichtungen der Stadt wacht. Unter dem Sockel ihrer Statue wird Grannie Wurzeln finden, die sie zweiundsiebzig Stunden lang in einem Sud kochen soll, dessen Rezept du bereits kennst, du tüchtige und tugendsame Hausfrau. Daraus sollst du einen Umschlag für den geschwollenen Fuß machen und den Sud sollst du dem Kranken zu trinken geben, der während der gesamten Heilbehandlung sonst nichts zu sich nehmen darf. Grannie, fest in ihrem Glauben verwurzelt, missachtet diese Weisung. Doch die Ahnherrin kehrt siebenmal hintereinander im Traum zu ihr zurück ...

In der siebten Nacht wird das ganze Haus von einem Schrei geweckt, als würde ein Ferkel abgestochen: Ton' Wilson tränenüberströmt, als er die Würmer und Maden sieht, von denen es in seiner Wunde nur so wimmelt. (Von Hautjucken keine Spur mehr, stattdessen eine nässende, eiternde offene Wunde.) Ton' Wilson brüllend, dass sie gekommen sind, um ihn zu holen. (Aber er weigert sich, er hat nie jemandem etwas zuleide getan.) Ton' Wilson, so stark heulend und schluchzend, dass auch du zu flennen anfängst. Du spürst in deinem eigenen Fuß, wie die Würmer und Maden dich kitzeln und die Flöhe dich beißen. In deinem eigenen Fleisch. Und spürst auch die Krätze, am Bein, am Bauch, am Rücken. Am ganzen Körper. Du fängst an, dich wie ein Wahnsinniger zu kratzen. Während Ton' Wilson weiter und immer weiter seine Verzweiflung herausbrüllt. Ohne länger an Lina zu denken. Oder überhaupt an irgendjemanden. Oder daran, dass es mitten in der Nacht ist und dass seine Schreie sämtliche Nachbarn ringsum aus dem Schlaf reißen werden: die Schuhputzer, die sich im Hof von ihren gescheiterten Hoffnungen erholen, die Bewohner des Hauses von Tante Venus und die pfingstbewegten Familienmitglieder im Haus von Pastor Pognon und seiner zahlreichen Nachkommenschaft. Kurzum, das ganze Viertel. Später werden die Leute erzählen, dass sie den Schrei bis hinunter zum Hafen vernommen haben ... Grannie ist sofort auf den Beinen, Gott, wenn es dein Wille ist, streift sich ein Kleid über ihr Nachthemd, schlingt sich ein weißes Tuch um den Kopf, um sich zu solch unschicklicher Stunde keine Erkältung zu holen, und verschwindet hinaus in die tintenschwarze Nacht. Wie von einem Schatten gefolgt von einem zombiehaften Fanfan, den sie erst hatte wecken müssen und der trotz des Radaus von Ton' Wilson nicht aus seiner Lethargie zu reißen war. Durch die nächtliche Stadt marschiert Grannie geradewegs zu Madame Colo, wobei sie unablässig die Verse aus Psalm 22 vor sich hin murmelt: »Mein Gott, des Tages rufe ich, doch antwortest du nicht, und des Nachts, doch finde ich keine Ruhe ...«

An Ort und Stelle angekommen nennt sie mit lauter Stimme der Statue ihren Namen, und zwar nicht ihren normalen Namen, wenn man Fanfan Glauben schenken darf. Der seine beiden Schuhe ausgezogen hat, damit du ganz genau die Stellung seiner beiden großen Zehen sehen kannst, und dann schwört, dass er gesehen hat, wie die Sta-Sta-Statue sich zur Seite geneigt hat, damit Grannie die Pflanze herausrupfen konnte, die wie durch ein Wunder zwischen dem Sockel und dem Straßenbelag gewachsen war. Er selber hätte ja bereits längst die Beine unter den Arm genommen, wenn Grannie ihn nicht mit einem Griff wie ein Schraubstock an der Schulter festgehalten hätte. So fest, dass er sich, weil es vollkommen unmöglich war, sich zu verdrücken, vor lauter Schiss in die Hose gemacht hat. Und i-i-ich schäm mich noch nicht mal, dir das zu sa-sa-sagen ... Nach vollbrachter Tat hat Grannie dann den Heimweg angetreten. Mit Fanfan an der einen Hand und der Pflanze in der anderen, bei der sie sorgfältig darauf achtete, nicht die Wurzel anzufassen. Ohne Augenmerk oder Grußwort für die wenigen Menschen, denen sie unterwegs begegnete und die es kaum wagten, den Blick auf sie zu richten. Alles laut Fanfan, der noch einmal betont, dass vor dieser Episode, nie-nie-niemals eine Pflanze unter dem Sockel der Statue von Madame Colo gewachsen war und auch nie-nie-niemals mehr wachsen wird.

Drei Tage nach dieser Nacht, in der du ganz allein mit Ton' Wilson ausharren musstest, starr vor Angst und von seinen Schmerzensschreien wie gelähmt, fängt der Fuß deutlich sichtbar an, abzuschwellen. Die Wunde vernarbt allmählich. Grannies Neffe wagt sogar ein paar erste Schritte und ruft den jungen Händlerinnen, die sich vor der Veranda niedergelassen haben, ein paar neckische Bemerkungen zu. Eine Woche lang wohnt er danach noch bei euch, vielleicht auch etwas länger – falls du dich richtig erinnerst und dir das Gedächtnis nicht einen Streich spielt. Dann fliegt er wieder nach New York zurück, ein kleines Fläschchen in der Tasche und ein Lachen, so groß und so strahlend wie die aufgehende Sonne, im Gesicht. Seither überbringt alljährlich an Ostern und an Weihnachten ein Bote einen Umschlag von Ton' Wilson, der deiner Großmutter als fiktive Garantie für die Aufnahme zahlloser Kredite dient. Wenn ich dir doch sage, dass ich jeden Monat ein hübsches Sümmchen aus New York erhalte, pflegt sie angesichts der zögerlichen Miene einer Straßenhändlerin zu sagen. Der erst danach klar wird, dass sie soeben gegen ihren Willen ihre Ware auf Kredit verkauft hat. Denn Grannie hütet sich sehr wohl, die Karten sofort auf den Tisch zu legen, und wartet damit ab, bis die Verkäuferin ihre schwere Last abgeladen und die Ware vor ihr ausgebreitet hat. Vor vollendete Tatsachen gestellt, gibt die Händlerin oft nach. Vor allem weil Grannie es sich meistens nicht nehmen lässt, ihr einen kleinen Kaffee anzubieten, meine Liebe, oder vielleicht ein Glas frisches, kühles Wasser, das tut gut bei der Hitze. Aber immer mal wieder kommt es auch vor, dass eine der Frauen, verärgert darüber, dass sie sich von Grannie so hat einseifen lassen, ihre Siebensachen einsammelt und eine Suada von Beschimpfungen hervorstoßend davonstürmt. Aber das ist die Ausnahme, gegen Grannie kommt so schnell keiner an. Es gibt doch das Haus, das löst sich doch nicht in Luft auf. Und nur wegen Ihnen ziehe ich doch nicht gleich um ... Hieb- und stichfeste Argumente dieser Art. Mit der Folge, dass die Gläubiger regelmäßig vorbeikommen, um sich besorgt nach der Gesundheit von Ton' Wilson zu erkundigen, sag, wie geht's denn deinem Neffen, Manmie? ...

Trotz Grannies Wunderheilung am nun wieder kraftstrotzenden und putzmunteren Ton' Wilson, die in weitem Umkreis Wellen schlug und über deren wahre Ursachen wohl keiner im Zweifel war, wirst du im Viertel weiterhin von allem ausgeschlossen. Und sei es auch nur die kleinste Andeutung einer Zeremonie. An allen Ecken und Enden haben sie dich wieder für dumm verkaufen wollen. Behandeln sie dich als Unschuldslamm und unerfahrenen Tölpel. Es gibt keinen Zweifel mehr: Gegen dich findet eine Verschwörung statt. Tag für Tag bist du stärker davon überzeugt. Hast den Eindruck, dass alle dich mit einer Miene mustern, in der du lesen kannst: »Der Arme, er zählt eben nicht gerade zu den hellsten Köpfen.« Seither suchst du noch stärker als vorher nach einem Mittel, um es allen zu beweisen. Aber natürlich kannst du dich nicht mit jedem prügeln. Erstens bist du nicht wirklich ein Streithahn und zweitens, das hast du ja bereits mehrfach erlebt, kann es auch unschöne Folgen haben. Du musst etwas anderes finden. Etwas, das mächtig und über allen Zweifel erhaben ist. Das dazu taugt, aber auch jedem das Maul stopfen. Wer suchet, der findet. So sagt man drunten im Hafenviertel.

ZWEITES MOUVEMENT

Se gran chimen m te ye
Tout moun pase ap ri mwen
Se gran chimen m te ye, Kolobri
Lapli tonbe mwen pa mouye

    Lied aus Haiti

1
DIE EXPEDITION

*

Der Körper von Caroline. Unter einer doppelten Schutzschicht aus Laken und Pyjama zu erahnen. Sie schläft den Tiefschlaf der Gerechten. Auf dem sanften Ruhekissen angestammter Rechte und treuen Glaubens. Es gibt den lieben Gott, und die lwa sind seine Abgesandten auf Erden. Wenn du nicht fähig warst, deine Stimme mit dem Chor der anderen zu vereinen, dann aus mangelnder Liebe zu ihr. Gefühlskälte würde sie dir deswegen nicht unterstellen, aber bestimmt wirft sie dir Lauheit vor. Wie sonst sich deine Ausflüchte erklären? Dein mangelndes Verständnis für ihre weiblichen Wünsche? Egoist! Es gibt kein anderes Wort für deine umfassende Weigerung, ihre Erwartungen zu erfüllen ... Sie schläft, Caroline. In ihre Gewissheiten gehüllt. Ihr soeben noch unhörbares Atemholen wird durch ein leises Pfeifen rhythmisiert. Sie schläft ruhigen, heiteren Gemüts. Wie Jona im Bauch des Schiffes, unterwegs nach Tarsis. Während seine Reisegefährten der aufgewühlten See trotzen. Caroline schläft. Die Kindheit überflutet deine Erinnerungen und begleitet deine Schritte auf den verschlungenen Wegen der Nacht. Deine einsamen Schritte.

*

Die erste kühne Tat, die dir einfällt, ist ein Ausflug auf den Hügel. Eine Herausforderung, wie sie größer kaum sein könnte. Die ganze Nacht kannst du an nichts anderes denken. Du liegst wach da. Neben dir schläft wie ein Hund zusammgerollt Fanfan, von den Zehen bis zum Hals zugedeckt, so wie er es am liebsten hat. Seit gut einer Stunde hat er weder seinen kleinen Finger gerührt noch ein einziges Wort gemurmelt. Bis wohin seine Träume ihn wohl diesmal getragen haben? Die Strecke, die er träumend zurücklegt, steht bei ihm im direkten Verhältnis zur Heftigkeit seines Schnarchens. Heute Nacht muss er es bis Lakou Souvnans geschafft haben, wenn nicht noch darüber hinaus. Er gönnt sich keine einzige Pause. Die Schnarcher reihen sich so gut wie lückenlos aneinander, einer folgt auf den anderen, wie die Waggons der endlosen Güterzüge, die das Zuckerrohr in die Fabrik transportieren. Die Pfeifgeräusche vermischen sich mit den Fragen, die dir im Kopf herumgehen. Wie schaffst du es auf den Hügel, ohne dass Grannie vorher davon Wind bekommt? Und wenn du dort bist, in welches wagemutige Unternehmen willst du dich dann stürzen? Das alles erleichtert es dir nicht gerade einzuschlafen. Obwohl du den Schlaf immer stärker herbeisehnst, je weiter die Nacht voranschreitet. An Finsternis zunimmt und deshalb in deinem Kopf an Schrecken. Wenn du wenigstens das Licht anmachen könntest! Aber erstens weißt du nicht, ob es heute Abend überhaupt Strom gibt. Da kann man sich nämlich nie sicher sein, vor allem in der Jahreszeit jetzt, außerhalb der Regenzeit. Dem Wasserkraftwerk, das weißt du von Gabriel, fehlt da nämlich der Nachschub und in der Stadt wird der Strom dann rationiert. An der Stromrechnung am Ende des Monats ändert das allerdings nichts. Die ist genauso gesalzen wie beim letzten Mal, wenn nicht noch stärker. Seit Gabriel dich über diese Zusammenhänge aufgeklärt hat, verstehst du auf einmal nicht mehr, warum Grannie – das ist nämlich der zweite Grund, weshalb du das Licht nicht anmachst – das ganze Haus in tiefste Finsternis versinken lässt, sobald ihr alle ins Bett gegangen seid. Der totale *black-out*. Du kannst ihr noch so oft sagen, dass ihr dabei überhaupt nichts spart. Die Rechnungen von Électricité de Salbounda sind nicht wie die Nationalfahne, mit der es jeden Tag vor allen öffentlichen Gebäuden rauf und wieder runter geht. Selbst wenn du während dieser Zeremonie nicht stehenbleibst, wartet immer eine Viertelstunde blöd vertaner Zeit auf dich, weil du dann nämlich von der Polizei angehalten wirst. Bei den Rechnungen gibt es kein Ende der Fahnenstange, sobald das Geld einmal fort ist, bleibt es auch dabei. Du siehst davon nichts mehr wieder. Außerdem muss ja schließlich auch jemand für die Kunden blechen, die manchmal unter Lebensgefahr die Elektrizitätsleitungen gratis anzapfen. Und es nützt dir auch nichts, wenn du so tust, als ob du plötzlich ein Kapitel aus der Bibel genauer studieren willst. Alles vergebens. Wenn du ihr nicht gehorchen willst, ruft Grannie dir regelmäßig in Erinnerung, dass dir dein Vater bei seinem Tod nichts hinterlassen hat, und erst recht kein lebenslanges Gratisabo auf den Stromverbrauch. Basta. Jetzt ist Sperrstunde. Und anschließend noch hinterdrein: Wenn du nicht willst, dass dir dein Hintern glüht, dann hältst du jetzt besser den Mund.

Danach beginnt der Kampf mit deiner Einbildungskraft, damit sie nicht beim ersten unbenennbaren Geräusch, das von draußen hereindringt, mit dir davongaloppiert. Außer wenn am nächsten Tag Schule ist und du deshalb früher ins Bett geschickt wirst, da ist es anders. Dann tobt im Hof, vor der Veranda und auf der Straße nämlich immer noch das Leben und du erkennst sofort jeden Schritt, jedes Lachen, jeden Rülpser, jeden Furz. Unterscheidest die Musik einer ungewohnten Tätigkeit von einer, die dir vertraut ist. Und bis die Geräusche dann alle verklungen sind, hat dich der Schlaf längst übermannt ... An anderen Abenden, wie heute zum Beispiel, ist es für dich die reinste Tortur. Dann erschreckt dich alles. Das langgezogene Jaulen der Hunde, sobald ein fliehender Zombie vorbeikommt oder einer, der gerade gewaltsam von einem *bòkò*** verschleppt wird. Der Wind, der

---

* Dieser Typ dient den Mysterien nur mit der linken Hand. Also nur um Dummheiten zu machen. So Sachen wie jemandem mit einer Ladung Pulver einen bösen Streich zu spielen oder ihn in einen Zombie zu verwandeln. Nicht mit einem *oungan* zu

sich in den Bäumen mit den Blättern zankt. Herumstreunende wilde Katzen, die vor einem Katzenfresser auseinanderrennen, so trunken wie ein Messdiener. Der Hahn von Tante Venus, der auf dem Oleander kräht und von Zweig zu Zweig flattert, um seine Albträume zu verjagen. Und der dabei seine Kacke auf das Laken oder den Kopf des *shoe shiners* fallen lässt, der unter dem Baum sein Lager aufgeschlagen hat. Das geringste Geräusch von Schritten, ob wirklich oder eingebildet ... Alles kann in deinem Gehirn zum Auslöser der Angst werden. Heute Nacht erdröhnen dazu auch noch die Trommeln aus dem Peristyl von Edgar. Der Wind macht aus ihrem Gewitter ein ab- und abschwellendes Konzert. Es gibt Augenblicke, in denen der Klang von so weit her zu kommen scheint, dass du dir sagst, bei Gott, das ist doch nicht möglich, niemals sind das die Trommeln von Edgar. Sein *ounfò* ist nicht einmal einen Steinwurf von eurem Haus entfernt. Plötzlich nähert sich das Trommelgrollen wieder. Du hörst es direkt vor dem Fenster. Sie sind da. Sie stehen vor der Tür. Sie sind gekommen. Gleich schlagen sie die Tür ein und dann fressen sie dich auf. Ihre Teufelsmusik hallt dir in den Ohren. Du spürst sie in deinem Körper. Aber du widerstehst ihr. Du weißt um die List und Tücke des Dämons. Es hat schon mehr als einen so wie dich gegeben. Der Drang zu tanzen, der in deinen Hüften brennt, soll jedenfalls nicht deine Achillesferse sein. Du ziehst dir das Laken über den Kopf. Hörst das dunkle Trillern der Bambusflöte und das Grollen der *mannouba*-Trommel genauso wie vorher. Du wälzt dich auf die andere Seite. Vorsichtig, damit draußen nichts zu hören ist. Trotzdem immer noch unruhig und lärmend genug, um jeden anderen als Fanfan aufzuwecken. Dann wärt ihr wenigstens zu zweit! Aber er scheint vollkommen taub auf den Ohren zu sein. (Lichtjahre und viele Flugstunden entfernt schläft Caroline einen Schlaf, der dem seinen damals gleicht. Gleichgültig gegenüber deiner Selbstbefragung mitten in der Nacht.) Du bist so geistesgegenwärtig, Psalm 23 als Schirm und Schild in einer Endlosschleife vor dich hinzumurmeln: »Der Herr ist mein

---

verwechseln. Der aber auch so richtig böse werden kann, wenn man es nämlich wagt, ihn mit einem *bòkò* zu vergleichen.

Hirte; mir wird nichts mangeln. [...] Und ob ich schon wanderte im finstern Tal, fürchte ich kein Unglück.« Sie weichen zurück. Beim Vorrücken der Armee Gottes treten die unheilbringenden Geräusche den Rückzug an. Deine Zunge wird nicht schwach. Du fährst fort, ihnen die Verse von König David wie Steine hinterherzuschleudern. Auf dass der Wind die Trommelklänge dorthin zurücktrage, wo er sie hergeholt hat. Falls nötig, hast du noch mehr solcher Sprüche in Reserve. Uff! Stille. Die Anspannung in dir lässt nach, und nach ein paar Minuten, man weiß ja nie, fängst du an, wieder an deine für den nächsten Tag geplante Heldentat zu denken: den Ausflug auf den Hügel. Da werden alle Augen machen!

Als du aufwachst, sagst du zu niemandem was, auch nicht zu Fanfan oder kurz darauf im Hof zu Freud. Hastig verschlingst du dein Frühstück. Es herrschen bei euch gerade fette Tage und zu deinem Orangensaft und dem Butterbrot wartet auch noch eine Banane auf dich. Danach verkriechst du dich mit La Fontaine in eine Ecke. Der hilft immer. Während du darauf wartest, dass Grannie sich aufmacht, um zu sehen, wo der Tag für sie Früchte trägt. Anders ausgedrückt: Wo sich für sie die Gelegenheit zu einem Handel bietet, damit der Reis und die Bohnen im Kochtopf noch ein bisschen Gesellschaft bekommen. Sie braucht eine Ewigkeit, bis sie aufbricht. Hantiert noch an tausend Dingen herum. Währenddessen schleppt garantiert irgendsoein armer Kerl ohne Arbeit den Staub unter seinen Sandalen auf eure Veranda. Unter dem Vorwand, nur mal Guten Tag sagen zu wollen. Oder noch einmal Luft zu holen, bevor es weiter zum Kalvarienberg geht. Als handle es sich darum, den Kilimandscharo zu besteigen. Aber natürlich macht sich dabei keiner von euch was vor. Weder der überraschende Gast noch Grannie. Und auch ihr Kinder nicht. Der Beweis: euer Armenhaus mit Suppenküche, wie ihr die Veranda nennt, Fanfan und du. Zu jeder Tages- und Nachtstunde gibt es dort gratis eine Tasse Kaffee und ein paar trockene Kekse. Die Grannie notfalls auch auf Kredit bei Nerelia einkauft. Habt ihr aber selbst kaum genug zu essen, dann hat der hereingeschneite Gast immer noch Anrecht auf eine Tasse Kaffee. Das ist das Mindeste, was man einem Christenmenschen anbieten muss. Mit viel Zucker, bitte, wagt so manch einer der Zaungäste noch dreist zu fordern; das ersetzt ihm das täglich Brot, mit dem er fest gerechnet hat. Ansonsten ist bei euch immer auch ein Teller für die Armen gedeckt, wird ein Teil eures Mittagessens für einen hungrigen Gast zurückbehalten, der sich in allerletzter Minute zu euch einlädt. Was Fanfan und dich eine riesige Wut im Bauch haben lässt, weil fast jedes Mal einer kommt. Wo ihr doch selbst ein Auge auf den letzten Löffel voll geworfen habt. Alle Suppenkünstler und Hungerleider des Viertels, und weit darüber hinaus, wissen über den Brauch bei euch Bescheid. Manchmal gibt es ein richtiges Gedränge. Grannie muss dann die Portion, die für eine Person gedacht war, durch zwei oder drei teilen. Oder sie kocht sogar noch einmal eine ganze Mahlzeit, wenn es sich um jemanden handelt, der besonders schlimm gebeutelt ist, mit dem es das Schicksal wirklich gar nicht gut meint, der Arme.

Nicht selten kommt es auch vor, dass ihr euer Lager hergeben müsst, weil Grannie jemanden weiß Gott wo aufgesammelt hat und dieser Mensch dann bei euch so lange genährt und gehätschelt wird, bis er aus freien Stücken wieder geht. Oder bis Grannie genug hat und verlangt, dass jetzt aber Schluss mit dem faulen Leben ist. Mit anderen Worten, die Person solle sich schleunigst vom Acker machen. So war es auch bei Elifet, die mit einem Balg in ihrem Bauch zu euch gekommen ist. Ohne irgendjemandem zu verraten, dass sie guter Hoffnung war. Ihren Zustand versteckte sie geschickt unter breiten umgeschlungenen Tüchern. Erst am Ende des siebten Monats bemerkte Grannie die Schwangerschaft. Da hat deine Großmutter nicht lange gefackelt, sie auf einen Laster gesetzt und zu ihrer Familie aufs Land zurückgeschickt. Zum Glück hatte Elifet erzählt, wo sie herstammte, sonst hättet ihr sie auf dem Buckel gehabt, mit dem kleinen Engelchen und allem. Wenn eine Frau in der Lage ist, so etwas vor dir zu verbergen, dann ist sie noch zu ganz anderen Dingen fähig, empörte sich Grannie. In diesem Haus gibt es unschuldige Kinder, die ich großziehen muss ... Nachdem er seinen Kaffee geschlürft hat, verabschiedet sich der unerwünschte Gast an diesem Morgen jedenfalls endlich. Grannie räumt ebenfalls das Feld und lässt euch die Tassen zum Abspülen zurück. War auch höchste Zeit, denn die Sonne zeigte bereits ihre Krallen.

Grannie hat kaum das Haus verlassen, da lichtest du selbst ebenfalls den Anker. Ohne Fanfan auch nur im Geringsten einzuweihen. Aus Angst vor den Züchtigungen durch B12 wäre er bestimmt ausgerastet. Dein Ziel ist klar: der Hügel. Der Weg über die Kathedrale Notre-Dame du Perpétuel Secours ist der kürzeste. Von dort oben hat man einen sagenhaften Blick auf die Cour Blain. Du fühlst dich plötzlich auf Augenhöhe mit ihr. Fast so, als würdest du sie auf einmal duzen. Deine bedächtigen, beinahe langsamen, jedenfalls nicht überstürzten Schritte erlauben dir, noch einmal genau darüber nachzudenken, was du denn tun willst, sobald du an Ort und Stelle angelangt bist. Welche Tat vollbringen. Um alle, die dich ein Unschuldslamm nennen, zum Schweigen zu bringen. In der Nacht davor, mit ihrem Donnergrollen der Trommeln, war dafür nicht so richtig Zeit gewesen. Aber reicht es als Heldentat denn nicht bereits aus, die Füße auf den Hügel zu setzen und einen so legendären Hof zu betreten? So etwas traut sich doch nicht jeder. Sich so ins Unbekannte vorzuwagen. Denn du hast überhaupt keine Ahnung, was dich alles noch erwartet. Die Abreibung von Grannie ist dir so sicher wie das Amen in der Kirche. Aber welches Unwetter wird vom diensthabenden *oungan* oder der *manbo* des Peristyls über dich kommen? Und von den Mysterien? Wie viel Blitz und Donner werden sie auf dich herabschleudern? Nach der Hälfte des Wegs spürst du auf einmal, wie dich Panik befällt. Dein Herz fängt an, im *kata*-Rhythmus der Trommeln zu schlagen. Noch schlimmer. Rasend schnell. Bist du nicht dabei, dich da in etwas zu werfen, das deine Kräfte übersteigt? David hat trotzdem Goliath besiegt, sprichst du dir Mut zu. Obwohl er schmächtig und schwach war und der andere ein Koloss. Aber der Angsthase in dir sagt: Ein Erwachsener erkennt dich vorher oder du wirst auf frischer Tat ertappt. Und selbst wenn du es wirklich schaffst, wenn du alle Hindernisse, die sich dir in den Weg stellen, überwunden hast – wie soll das Viertel denn von deiner Tollkühnheit erfahren? Da deine Heldentat sich in der Cour Blain abspielt, wird die Familie darüber schnell den Mantel des Schweigens breiten ...

An einem Mäuerchen bleibst du kurz stehen, um deine Gedanken zu ordnen. Und stellst dann fest, dass du vor dem Haus von Grannies Freundin Rast machst, einer vertrockneten, alten Jungfer, die geiziger ist als ein Kamm mit Mäusezähnen. Lieber würde sie vor Hunger sterben, als mit einem Christenmenschen ein Stück Brot zu teilen. Wohingegen sie die Teufel, so erzählt man sich, immer wieder zu einem fürstlichen Mahl einlädt. Genau das Gegenteil von Grannie. Einen ganzen Nachmittag lang kann sie sich mit dir unterhalten, ohne dir auch nur ein Glas Wasser anzubieten. Wie geht's in der Schule? Und bei euch zu Hause? Aus dir ist ja schon ein so großer Junge geworden. Da hast du jetzt bestimmt ein Mädchen (ausgiebig weidet sie sich an der Miene, die du daraufhin machst) ... Fanfan und dir bereitet es eine diebische Freude, manchmal zufällig ausgerechnet um die Mittagszeit bei ihr vorbeizukommen. Irgendwann muss es doch klappen, da kann sie dann gar nicht mehr anders, als euch etwas anzubieten. Njet! Bruder Nicolas, der weiß, dass der Mensch nicht nur vom Wort allein lebt, selbst vom Wort Gottes nicht, lässt sich keine Gelegenheit entgehen, um bei seinen Fürbitten ihren Geiz anzuprangern. Bruder Nicolas verkehrt mit allen Menschen, sein Glauben ist ihm dabei kein Hindernis. Ein heiliger Mann. Tag und Nacht schleppt er ein riesiges Bündel auf dem Rücken mit sich herum, das schwer von den unzähligen Seiten der Bibel ist, die er selbst mit der Hand abgeschrieben und Kapitel für Kapitel mit Zweizollnägeln zusammengeheftet hat. Höchstwahrscheinlich um Gott damit näher zu kommen. Mittlerweile hat er bereits mehrere gebundene und gedruckte Exemplare des Buchs der Bücher weiterverkauft, die ihm brave Leute geschenkt hatten, weil sie Mitleid mit ihm hatten und glaubten, dass er aus Armut und weil er sich selbst keine eigene Bibel kaufen konnte, mit seinem Bündel wie ein tropischer Weihnachtsmann durch die Straßen von Port-aux-Crasses zog. Jedenfalls, Bruder Nicolas kennt diese Freundin von Grannie sehr gut und hat auch an dem Sonntag, als bei uns der Pastor aus Guadeloupe auf Besuch war, wieder einmal in aller Öffentlichkeit ihren Geiz angeprangert. Es war eine wunderschöne Fürbitte, die er da gesprochen hat.

Keiner zweifelte daran, dass sie erhört werden würde. Voller Inbrunst. Voller Lob und Dank Gottes. Die Gemeinde, über sich selbst erhoben, war bereits willig, das Amen anzustimmen. Und dann diese Schande! Gott, unser Vater, manche unter uns, wie die Dame, die in der Nähe des Hügels wohnt, lassen lieber eines deiner Kinder sterben, als dass sie ihm einen Teller Maisbrei anbieten. Und er fährt fort. Schaut mich an, der ich hier zu euch spreche, seit drei Tagen habe ich mir meinen Bauch nicht mehr vollschlagen können. Auch heute Abend werde ich wohl nichts zwischen die Zähne kriegen. Und wie soll es da erst für meine alte Mutter reichen? Die übliche Taktik. In der Hoffnung, dass wir ihm alle einen Obolus entrichten. Aber keiner hat damit gerechnet, dass er auch vor einem Fremden in diese Masche verfallen würde. Oh, welche Schande für die Gemeinde!

An das Mäuerchen gelehnt, nicht mehr weit vom Hügel entfernt, fragst du dich, ob es das wirklich wert ist. Ob du nicht besser das Handtuch schmeißen sollst. Wenn man nämlich den Gegner nicht richtig einschätzen kann, ist sowieso von vornherein alles verloren. Dann gehst du gleich zu Boden. Das hat dir Satan beigebracht, dein Lehrmeister. Man muss im richtigen Moment den Rückzug antreten können. Was nicht heißt, dass man sich vor dem Kampf drückt. Sonst hält dein Gegner dich für einen ausgemachten Feigling, an dem er seine Wut auslassen kann, wenn ihm danach ist. Sich zurückziehen, das ja, aber um gleich wieder anzugreifen. Stärker als vorher. Und um den anderen vor aller Augen zu besiegen. Vor aller Augen ... Weil du nicht völlig vor dir selbst das Gesicht verlieren willst, beschließt du, Grannies Freundin ausgiebig Guten Tag zu sagen. Um dich danach mit Fanfan über sie lustig zu machen. Ein Sprung über das Mäuerchen. Die Tür zur Veranda ist nur angelehnt. Bestimmt hat sie das getan, damit es einen Luftzug gibt. Du klopfst trotzdem an, schließlich eine Frage der guten Erziehung. Keine Antwort. Von drinnen sind keine Schritte zu hören. Da schiebst du die Tür noch weiter auf und trittst ein, laut rufend. Ist da jemand? Und in diesem Moment entdeckst du Grannies Freundin. Es kann niemand anders sein, denn sie hat weder Mann noch Kinder. Sie steht in einer Ecke des Zimmers und kehrt dir den Rücken zu. Aber sie ist so weit weg, dass sie dich nicht hat kommen hören. Anders kannst du es dir nicht erklären, wie du sie mitten am Tag, wo die pralle Sonne scheint, dabei überraschen kannst, dass sie in einem mit Gegenständen aller Art vollgestopften Herrgottswinkel eine Kerze anzündet. Hastig zieht sie einen Vorhang vor und dreht sich dann sichtlich verärgert zu dir um. Fragt dich, was du dich in der Mittagshitze da auf der Straße rumtreibst, und fordert dich auf, in dein eigenes trautes Heim zurückzukehren (sie streut in ihr Kreolisch gern ein paar ausgesuchte französische Redewendungen ein), deine Großmutter muss sich doch schon Sorgen machen. Dabei hätte sie sich ihre ganze Vorsicht und rhetorische Mühe sparen können. Aus ihren rot leuchtenden Augen feuert sie dir nämlich gleichzeitig Blitze entgegen, die dich Hals über Kopf davonrennen lassen. Von diesem Tag an fürchtest du ihr Haus genauso sehr wie den Hügel, wenn nicht noch stärker. Auf dessen Besuch du vorerst ohnehin verzichtet hast. Auf dem Heimweg denkst du dir unterschiedliche Geschichten aus – für Grannie, für Fanfan –, um deine lange Abwesenheit erklären zu können, falls dies nötig sein würde ... Viele Jahre später sollten Gerüchte an dein Ohr dringen, dass die alte Dame, die in der Nachbarschaft des Hügels wohnte, den Tod gefunden hat, als sie sich auf einen gerade erst vom Feuer genommen Topf mit Fischsuppe setzte, die sie vor einem unerwarteten Gast verbergen wollte.

2
DER RUF

*

Der Körper von Caroline. Reglos im Schlaf. Während dir durch die doppelte Glaswand des Zimmers das vervielfachte Lichtermeer von Harlem zuzwinkert. Wie lauter Rufe, die dich in unbekannte Fernen locken wollen. Ins Anderswo. Die Nacht blinkt und blinzelt durch die Stille. Ströme von Autos gleiten traumgleich auf den Straßen dahin. Die Gleise der Hochbahn, mit ihrem Flimmern die ferne, weite Leere zerreißend. Menschen, deren feste oder zaghafte Schritte du dir ausmalst. Von der Last des Alltags niedergedrückt oder mit aufrechtem Gang, bereit zur Eroberung der Nacht. Einer Nacht in Manhattan, von Menschen und Lichtern bevölkert. In Missklang mit den Nächten voller Schatten deiner Kindheit, bewohnt nur von Wesen, die der Einbildungskraft der Inselbewohner entspringen. Von Geräuschen aller Art besiedelte Nächte. Wahren und wirklichen Geräuschen der Natur. Und den anderen, die sich in deiner Kinderfantasie Kämpfe liefern. Und die jetzt gegen den Körper von Caroline anbranden. Ihren Körper, der im Spiegel des Fensters von tausend Lichtsplittern umhüllt ist.

*

Der Vater von Freud ist Berufssoldat. Er hat es bis zum Offizier gebracht und ist in allem das Gegenteil von seinem Sohn. Der von seiner Mutter die geringe Körpergröße geerbt hat, ohne dabei stämmig zu sein, was es wenigstens etwas besser gemacht hätte. Für einen Jungen wahrlich kein Geschenk. Die Mädchen behandeln dich dann noch stärker von oben herab. Ganz zu schweigen von den vielen Spitznamen. Wurm. Däumling. Liliputaner. Spitznamen, die alle Welt zum Lachen bringen. Außer dir. Freuds Vater ist dagegen ein Muskelpaket. Ein wahrer Baum von einem Mann. Außerdem hält er sich immer so gerade, als hätte er einen Besenstiel verschluckt. Seine Stimme allein reicht schon aus, dass selbst der Schwerhörigste sich in die Hosen macht. Nur ein einziges Mal in der Woche kann man diesen Mann von unerbittlich bösem Charakter lachen hören, und das ist am Sonntagnachmittag. Wenn er seine Waffenbrüder zu sich nach Hause in den Hinterhof einlädt und dort Bataillone von Rum- und Sodaflaschen sowie von eiswürfelgefüllten Eimern Aufstellung nehmen. Da sieht man ihn dann umringt von Männern in Uniform. Manche sind auch in Zivil. Aber ebenfalls vom Militär oder zumindest Amtspersonen. Ab und zu streichelt einer von ihnen den Griff der Pistole, die er am Gürtel trägt (allerdings hinten auf dem Rücken, so dass man sich fragen muss, ob er bei einem überraschenden Angriff überhaupt Zeit hätte, die Waffe zu ziehen). Schiebt sie etwas nach oben, bevor er sich setzt. Holt sie aus dem Halfter. Entriegelt die Trommel oder das Magazin. Nimmt nacheinander die Patronen heraus. Legt die Waffe demonstrativ vor sich auf den Tisch. Erklärt den anderen ihre Besonderheiten. Da heißt es wirklich mutig sein, denn einen Blick über den Zaun zu werfen ist unter solchen Umständen nicht ungefährlich. Und man muss ziemlich gewieft sein, um sich weder von der einen Seite noch von der anderen erwischen zu lassen.

Während sich unter den Waffenbrüdern endlose Diskussionen entspinnen, versorgt die Dienerin die Truppe mit immer noch mehr flüssigem Kraftstoff und neuen Eiswürfeln, mit Hühnerpastete und auf dem Gasherd goldbraun frittierten Bällchen aus

Stockfisch und Brotfruchtfleisch ... Außer einem Kühlschrank von General Electric besitzt die Familie von Freud nämlich auch einen Gasherd, von nicht mehr ganz blütenreinem Weiß. In Grannies Haus dagegen ist nach wie vor der Holzkohlekocher angesagt, von denen ihr sogar zwei habt. Was Anlass zu so manchem Ärger und manchen Streitereien zwischen deiner Großmutter und eurem Hausmädchen ist, obwohl die Kocher solide auf ihren drei Beinen stehen. Mit Herzblut und Geschrei fordert das Hausmädchen dieselben Arbeitsbedingungen wie ihre Kollegin bei Freuds Eltern. Einen Gasherd! Glaubt man ihr, dann ist der Holzkohlekocher einfach an allem schuld: Wenn etwas anbrennt. Wenn der Brei fürs Abendessen klumpig geworden ist. Wenn der Reis nicht gar ist. Wenn in der Suppe halbrohe Zutaten schwimmen. Wenn das Fleisch blutet, sobald man mit der Gabel hineinsticht. Kurzum, an allen Küchenkatastrophen, die eine Speise ungenießbar machen. Grannie: Weißt du, wie teuer so ein Gasherd ist? Hast du überhaupt schon einmal einen zu Gesicht bekommen, bevor du den Fuß hier in dieses Haus gesetzt hast? In dem Dorf, aus dem du stammst, gibt es ja noch nicht einmal Strom. Und so ungeschickt, wie du dich anstellst, würde wegen dir noch das ganze Viertel in die Luft fliegen. Das Hausmädchen: Oh! Oh! Oh! Ich habe bei Madame Sowieso gearbeitet, in einem sehr gepflegten Haushalt. Da haben wir kein einziges Stück Holzkohle mehr gebraucht. Auf dem Höhepunkt des Zwistes hast du schließlich eingegriffen und dem Hausmädchen klar gemacht, dass ihre Kollegin ihr einen Bären aufgebunden hat. Der Gasherd bei Freud ist ein Prunkstück. Er wird nur zu ganz außergewöhnlichen Anlässen benutzt. Zwei-, dreimal im Jahr, wenn es hochkommt. Für einen Geburtstagskuchen oder um einen Nudelauflauf zu überbacken. Oder wenn der Vater von Freud seine Waffenbrüder mit einer ausgesuchten Speise beeindrucken möchte. Aber davon wollte sie nichts hören. Im Gegenteil. Sie beharrte so uneinsichtig und hartnäckig auf ihrem Wunsch, dass Grannie es nicht mehr aushielt und sie bat, ihre Siebensachen zu packen und das Feld zu räumen. Wobei gesagt werden muss, dass Grannie schon seit längerem Probleme hatte, sie zu bezahlen. Deshalb kam ihr dieser letzte Streit gerade recht, um sie loszuwerden. Da konnte sie gut Geld sparen. Und auf ihre Hilfe im Haushalt war sie letztlich sowieso nicht angewiesen. Aber gut, Geschichten von Grannie und den Hausmädchen könntest du haufenweise erzählen. Das würde jetzt vom Eigentlichen zu weit abführen. Von der Begebenheit, die gut als Zeugnis deiner Kühnheit und deines Heldenmutes dienen könnte. Doch das Viertel ist voll neidischer Leute und misstrauisch würden sie den geringsten Vorwand nutzen, um an deiner Tapferkeit zu zweifeln.

Seit drei Sonntagen war vom Nachbarhof nun schon nicht mehr das laute Gerede und dröhnende Lachen der versammelten Truppe zu vernehmen. Drei Wochen, ohne dass die Stentorstimme von Freuds Vater über die Mauer herübergedrungen ist und dich erschrocken bei egal welcher Tätigkeit hat innehalten lassen. Das ist dir natürlich nicht entgangen. Du hast schon überlegt, ob er vielleicht in die Provinz versetzt worden ist (wohin der Rest der Familie ihm später nachfolgen würde, wenn das Schuljahr zu Ende war). Oder ob er zu einer Mission ans andere Ufer des Massacre geschickt worden war, des Flusses, der an der Grenze zwischen den beiden Ländern auf eurer Insel verläuft. Sogar an einen Kampfeinsatz hast du gedacht. Gegen die Rebellen, die seit über einer Woche im Norden des Landes von sich reden machen und sich dort erbitterte Gefechte mit den beiden Armeen liefern, der regulären und der paramilitärischen Miliz. Die Folgen für euch Kinder? Noch strengere Ausgangssperre, zusätzlich zur offiziell verhängten, und ihr werdet noch früher ins Bett geschickt als sonst. Die Erwachsenen unterhalten sich mit halblauter Stimme, nachdem sie vorsichtige Blicke über die Schultern geworden haben. Du malst dir aus, wie Freuds Vater seine Truppen in den Kampf führt. Wie seine Stimme den Waffenlärm übertönt, wie er die Drückeberger und Schlappschwänze ausschilt. In deinem Kopf hast du die Frage, warum von Freuds Vater schon lange nichts mehr zu sehen oder hören war, lange hin und her gewälzt. Alles Mögliche und Unmögliche in Erwägung gezogen. Und bist dabei die ganze Zeit vollkommen auf dem falschen Dampfer gewesen. Wie hättest du auch draufkommen können, dass ein so kräftiger, stämmiger Mann krank geworden war? Stimmt schon, an den Schläfen ist er bereits leicht ergraut. Aber das reicht als Erklärung doch nicht aus. Da schleppen noch viel ältere als er ihre müden Knochen den ganzen lieben Tag lang durchs Viertel. Eure Ahnherrin Lorvanna hat eine Ewigkeit abgewartet, bis sie von euch gegangen ist. Als das Jahrhundert voll war, hat es sie schließlich gehen lassen, als es spürte, dass sie sich einfach zu sehr abmühen musste. Und wohl auch, weil es keine Lust mehr hatte, ihr dauernd wieder auf die Beine zu helfen. Bis zum Ende aber ließ Lorvanna mit jugendlicher Energie den B12 niedersausen. Also, jedenfalls steht für Freuds Vater von dieser Seite eigentlich noch nichts zu befürchten. Aber was war dann los? Dir fällt auf, wie bedrückt und schweigsam dein Freund jetzt manchmal ist. Vor allem will er nichts dazu sagen, warum sein Vater auf einmal nicht mehr da ist. Deshalb beschließt du, an Ort und Stelle selber Nachforschungen anzustellen.

Das Terrain eurer Kindheit umfasst die Höfe eurer beiden Familien. Und außerdem noch die Höfe der Nachbarn ringsum, sofern sie nicht mit Grannie wegen irgendetwas im Streit liegen. Und die Straße zählt auch noch dazu, falls ihr es schafft, dem wachsamen Auge der Erwachsenen zu entkommen. Aber nur in einem Umkreis von der Länge eines Fußballfeldes, so dass ihr, wenn ihr gerufen werdet, sofort zurückrennen könnt. Als du eines Morgens hörst, wie Grannie sich über die Hecke hinweg bei Freuds Mutter nach dem Befinden ihres Mannes erkundigt, ist für dich klar, dass du dieses Terrain eigenmächtig erweitern musst. Du musst ins Innere des Hauses vordringen und dort alles erforschen, bis du Bescheid weißt, ob Freuds Vater tatsächlich krank ist. Noch am selben Tag nutzt die kurz nachlassende Wachsamkeit deiner Großmutter, um die Tür im Haus eurer Nachbarn einen Spalt zu öffnen und dich in den Flur zu schleichen, an dem auf der einen Seite das Kinderzimmer und auf der anderen Seite das Elternschlafzimmer liegt. Falls du auf jemanden stoßen solltest, kannst du immer noch so tun, als würdest du nach deinem Freund suchen. Man muss immer eine Antwort parat haben, falls man von den Erwachsenen erwischt wird. In diesem Moment dringt die Stimme zu dir. Schwach und gedämpft. So völlig anders als das laute Donnern, an das du gewöhnt bist. Trotzdem bleibst du wie erstarrt stehen. Spürst, wie deine Beine dir den Dienst versagen. Hätte es sich um jemand anders gehandelt, dann wärst du einfach weitergegangen. Hättest so getan, als würdest du die dünne Stimme nicht hören. Aber in dem Fall ist dir das Risiko zu groß. Wenn er wieder gesund ist, erinnert er sich am Ende noch daran, dass er dich um Hilfe gebeten und du sie ihm verweigert hast. Du hast echt die Hosen voll und legst keinen großen Wert darauf, dich allein mit ihm in einem Zimmer zu befinden. Aber du hast keine andere Wahl: Er hat dich gesehen und er hat dich erkannt. Du musst ihm gehorchen.

Das abgedunkelte Zimmer verströmt den Geruch einer Apotheke. Zuerst tust du dich schwer, überhaupt etwas zu sehen. Allmählich gewöhnen sich deine Augen an das Dämmerlicht. Der Offizier liegt auf dem Rücken ausgestreckt im Ehebett, das weiße Laken bis zum Hals hochgezogen. Auf dem Nachttisch stehen dicht gedrängt Arzneifläschchen. Unter dem Krankenlager ragt eine weiße Schüssel hervor, zur Hälfte angefüllt mit Wasser, Blut und ausgespucktem Schleim. Du hältst den Atem an, um nicht selber gleich kotzen zu müssen. Im Spiegel des riesigen Mahagonischranks ist alles nur verschwommen zu erkennen. Seit du im Zimmer bist, hat der reglos wie ein Toter daliegende Mann kein Wort mehr gesagt. Um seine Stirn ist ein Umschlag gewickelt, dem der Geruch nach zerstoßenen Kräutern entströmt. Eine klebrige, zähe Flüssigkeit, wahrscheinlich Rizinusöl, rinnt ihm über die Schläfen. Sein Zeigefinger – mühsam ausgestreckt, um dann wieder in Reih und Glied mit den anderen Fingern auf die Bettdecke zurückzusinken – deutet auf eines der Fläschchen. Mit zitternder Hand greifst du danach. Der Kopf von Freuds Vater ist tonnenschwer. Auf alle Fälle zu schwer für deine Arme, die ihn aufzurichten versuchen. Mit riesengroßer Kraftanstrengung gelingt es dir trotzdem, ihn ein Stück vom Kissen hochzuheben. Und Freuds Vater genug Wasser einzuflößen, dass er die Tablette hinunterschlucken kann. Sie ist gelb und blau und mindestens zwei Finger dick. Freuds Vater ist so schwach, dass er sich nicht einmal mehr bei dir bedanken kann. Vergelt's Gott, mein Sohn. Er hat bereits den glasigen Blick von jemandem, der nicht mehr ganz von dieser Welt ist. Dem Jammertal aus Tränen und Seufzern nicht mehr angehört.

Natürlich begreifst du damals nicht wirklich, was sich da vor deinen Augen abspielt. Oder um es mal anders zu sagen, du hast nicht Gelegenheit, die Entwicklung im Detail und mit der erwünschten Regelmäßigkeit zu verfolgen. Aber der Ernst der Situation ist dir durchaus bewusst. Als du dich aus dem Zimmer und aus dem Haus stiehlst, schlotterst du immer noch. Hast keine Ahnung, wie du es mit so weichen Knien hinaus geschafft hast. Der Schreck war dir in die Glieder gefahren. Im Übrigen hast du dich gehütet, darüber zu irgendjemandem auch nur ein Sterbenswörtchen zu verlieren. Aus Angst, dass deine verwegene Tat Freuds Mutter zu Ohren kommen könnte, mit der du seit der Episode mit dem gebrochenen Arm ihres Sohnes über Kreuz liegst. Sie hätte umgehend Grannie benachrichtigt. Den Spaß, dass dir so richtig kräftig das Hinterteil versohlt worden wäre, hätte sie sich bestimmt nicht entgehen lassen.

3
DIE RÜCKKEHR NACH GUINEA

*

Der Körper von Caroline. Immer noch reglos. Im King-Size-Bett eurer Liebestollereien. Unbekümmert um deine gestrigen Ängste. Dahintreibend. Unbekümmert um dein Begehren. Die Beine von dir gestreckt, sitzt du da. Mit dem Rücken zur Wand. Und lässt dich von deinen fernen Erinnerungen übermannen. Als ob es möglich wäre, sie noch einmal zu bewohnen. Die Ungerechtigkeit zu reparieren. Kleine Rache am Leben zu nehmen. Als ob nicht dein unersättliches Vagabundieren, rings um die ganze Welt, alles mit jedem Tag weiter entrückte. Nicht in eine ferne Umlaufbahn der Zeit und der Dinge verbannte. Deine Augen wandern von den Lichtern der Stadt unter dir zurück in den Halbschatten des Zimmers. Zum Körper von Caroline, der dir heute Nacht keine Bleibe gewährt. So wie dir früher die Voodoo-Trommeln verboten waren. Dieser Körper, den du draußen bleibend und ihm zum Trotz anrufst. Dieser Körper, dem fernen Land gleichend. Deine Augen wechseln das Terrain, gleiten vom Licht zum Schatten, mit gleicher Schärfe. Deine doppelgesichtigen Augen. Deine Augen auf dem Körper von Caroline.

*

So viel Angst du auch hast, deiner Neugierde tut das keinen Abbruch. Und durch Bernadette, das Dienstmädchen von Freuds Eltern, wird deine Wissbegier unwillentlich noch weiter entfacht. Eines Vormittags kriegst du zufällig mit, wie sie mit Iota laut beredet, dass der Offizier ja nun wirklich nicht mehr gut beieinander sei. Wahrscheinlich werde es ihn bald erwischen. Wär ein Wunder, wenn er es noch länger als bis zur Auferstehung des Nazareners schaffen würde. Du bist schon drauf und dran, ihr zu sagen, dass sie doch Tante Lamercie um Rat fragen sollen. Dass die bestimmt gleich helfen kann. Oder sie sollen Freuds Vater doch zu Yatande bringen. Oder mit ihm nach Lakou Souvnans pilgern. Dort gäbe es ganz bestimmt eine Medizin, um selbst Tote wieder zum Leben zu erwecken. Aber du bist dir sicher, dass sie dich bei ihren Herrinnen anschwärzen würden. Und dann würdest du nur mal wieder eine aufs Dach kriegen. Was weißt du denn davon? Sag was denn? Die Antwort darauf kann für dich nur lauten: B12! Was weißt du denn davon? Und deshalb begnügst du dich damit, das Ganze aus möglichst großer Nähe zu beobachten. Um rauszukriegen, wie man die Reise nach Guinea durchführt. Das scheint nämlich auch eine ganz schön vertrackte Angelegenheit zu sein. Wie oft hast du nicht schon von jemandem, der für alle Zeiten die Waffen gestreckt hat, sagen hören: Er ist nach Guinea zurückgekehrt! In der Nacht der Einschiffung schlagen die Trommeln unermüdlich. Um ihn bei seiner Ü-Ü-Überfahrt, die unter Wa-Wa-Wasser geschieht, ein Stück zu begleiten, erklärt dir Fanfan. Der Schu-Schu-Schutzengel des Toten braucht insgesamt sieben Tage und sieben Nächte für die Reise. Also, jedenfalls ist deine Neugierde bis zum Zerreißen gespannt. Genau drei Tage, nachdem du dem Offizier geholfen hattest, seine Medizin zu schlucken, solltest du mehr erfahren.

Die Reise nach Guinea findet schließlich am Mittwoch nach dem Weißen Sonntag statt. Am Nachmittag. Ihr beide, Freud und du, werdet davon überrascht, als ihr gerade dabei seid, einen Goldstaub-Taggecko, dreimal so groß wie ein Grüner Anolis, bei lebendigem Leib zu sezieren. Freud hält ihm den Kopf und die

Gliedmaßen, während du kaltblütig und geschickt die Autopsie durchführst. So wie du es bei einem Doktor im Film *Rosas blancas para mi hermana negra* gesehen hast. Der Bauch wird mit Hilfe eines alten Küchenmessers aufgeschlitzt, das ihr vorher an einem mit Spucke befeuchteten flachen Stein geschliffen habt. Dann wird er ausgeweidet und in die Bauchhöhle stopft ihr in der Küche geklaute schwarze Bohnen. Der Körper des kleines Tiers zuckt noch unter euren fachkundigen Händen, als ein Mann, den ihr noch nie bei euch in der Nachbarschaft gesehen habt, mit hastigem Schritt den Hof betritt. Auf dem Kopf trägt er einen Zylinder. Wie ferngesteuert öffnet sich vor ihm die Tür und genauso hastigen Schritts verschwindet er ins Haus. Seine Ankunft ruft ein unbeschreibliches Drunter und Drüber hervor. Bernadette fordert euch auf, das Feld zu räumen. Los, verzieht euch. Derselbe Satz und dieselbe Stimme wie Freuds Mutter, wenn sie ein Gespräch unter Erwachsenen führen will, außerhalb der Hörweite von Kinderohren. All diese Geschäftigkeit und Geheimnistuerei, während ihr im Hof spielt, weit weg vom Erwachsenentreiben, lässt dich Verdacht schöpfen. Eilig verabschiedest du dich von deinem Freund. Tust so, als wolltest du zu dir nach Hause. In Wirklichkeit aber machst du einen Bogen auf die andere Seite und schleichst dich durch die Küchentür (Freud hat dir gezeigt, wie man sie geräuschlos öffnen kann) ins Haus seiner Eltern. Beziehst Stellung unter dem Tisch im Esszimmer, dessen Tür ins angrenzende Schlafzimmer einen Spalt offen steht. Da bleibst du dann, ohne einen Muckser von dir zu geben. Mit einer Scheißangst im Bauch. Aber die Augen weit aufgerissen, um auch ja nichts von der Reise zu verpassen.

Der Mann mit dem Zylinder steht neben dem Bett, in dem der Offizier liegt. Am Kopfende zündet er eine Lampe mit einem merkwürdigen Schnabel an. Die Flamme richtet sich auf und brennt still vor sich hin, ohne das geringste Flackern. Der Mutter von Freud und Bernadette, die halblaute Seufzer von sich geben, erteilt der Mann den Befehl, zu schweigen. Dann zieht er eine Rassel und ein kleines Skapulier aus der Innentasche seines Jacketts. Beginnt Gebete zu murmeln, von denen du kein einziges Wort verstehst. Was auch nicht anders wäre, wenn er lauter reden würde. Seine Stimme vermischt sich mit den Klängen der Rassel, die er geistesabwesend dazu schüttelt. Ein anschwellendes Grollen, dem erst fernen, dann immer machtvolleren Getrappel der Büffelherde in einem Western vergleichbar. Auf einmal hält er inne. Um dann Freuds Vater dreimal laut bei seinem Namen zu rufen. Aber nicht bei seinem alltäglichen, sondern einem anderen, feierlichen Namen. Vor lauter Aufregung galoppiert dein Herz mit mehr als hundert Stundenkilometern und du kannst ihn dir nicht merken. Danach beugt sich der Mann mit dem Zylinder über den Kranken, flüstert ihm etwas ins Ohr, weicht ein paar Schritte zurück. Plötzlich bäumt der Körper sich auf. Einige Sekunden lang sitzt der Offizier stocksteif aufgerichtet im Bett. Dann sinkt er aufs Kissen zurück und verfällt in dieselbe Leichenstarre wie zuvor. Du bist zu Tode erschrocken. Was sollst du jetzt tun? Dich weiter still verhalten? Oder die Beine unter den Arm nehmen, auch auf das Risiko hin, dass du dann erwischt wirst? Für das hier, das ist so klar wie nur irgendwas, wird B12 jedenfalls nicht mehr ausreichen. Dicke Schweißtropfen kleben dir am Körper. Der Mann wendet sich zu den beiden Frauen. Ein stummer Blick genügt, um sie begreifen zu lassen, dass der Schutzengel des Offiziers entschwunden ist. Sich vom Körper gelöst hat, um die lange Unterwasserreise bis nach Guinea anzutreten. Bernadette und die Mutter von Freud stoßen daraufhin so laute Schreie aus, dass das ganze Viertel zum Haus zusammenströmt. Im anschließenden Tumult fällt keinem auf, dass du auch anwesend bist. Der Leichnam liegt weiter ausgestreckt auf dem Bett. Gleichgültig gegenüber den Tränen der einen und dem Kommen und Gehen der anderen.

Am Tag nach der Beerdigung, an der du zusammen mit Grannie und Fanfan teilgenommen hast, obwohl sie bei den Katholen stattfand, verbrannte die Witwe des Offiziers sämtliche Hinterlassenschaften des Verstorbenen. Mitten im Hof aufeinandergeworfen. Zu einer Art Scheiterhaufen. Sein Käppi. Seine Uniformen, darunter eine Paradeuniform. Alle seine Kleidungsstücke. Den Stock, auf den er sich beim Gehen gestützt hatte, in seinen letzten Tagen, als sein steifer, aufrechter Körper auf eine solche Hilfe angewiesen war. Alle Gegenstände aus seinem Besitz und auch alles, was er gemeinsam mit seiner Frau besessen hatte. Der Mutter von Freud stehen die Tränen in den Augen, als sie den ganzen Haufen mit Benzin übergießt. Ein Streichholz anzündet, das sie mit abgewandtem Kopf und theatralischer Geste hineinwirft. Den Arm zum in Flammen auflodernden Berg hin ausgestreckt. Wie ein letztes Band zwischen ihr und dem Toten. Sie hatte immer schon eine Neigung zur Theatralik. Der Rauch verfängt sich einen langen Augenblick zwischen den Ästen des Mandelbaums. Steigt dann aus der Krone des Baums empor, um sich mit den Wolken zu vermischen. Du brauchst einige Zeit, bis du diese Episode verarbeitest hast. Es ist, als hättest du drei Tage zuvor den Tod in den Armen gehalten. Und als klebte dir der Geruch immer noch an der Haut.

Selbstverständlich zerreißt man sich im Viertel das Maul über ein so vorzeitiges Dahinscheiden. Das ist weiß Gott doch nicht normal. Ein Mann bei bester Gesundheit. Im Vollbesitz seiner Kräfte. Es kann gar nicht anders sein, als dass er von einem seiner Saufkumpane um die Ecke gebracht worden ist. Einem, der ihm seine Beförderung nicht gegönnt hat. Erst drei Monate vor seinem Tod war der Vater von Freud nämlich zum Hauptmann ernannt worden. Oder der es auf seine Frau abgesehen hat, wie tolldreiste Zungen sich erzählen. Und seht euch doch mal die Witwe des Offiziers an, mit ihrer Haut von der Farbe gerösteter Erdnüsse, ihrem schweren tiefschwarzen Haar, für das sie nicht einmal ein Bügeleisen braucht, so perfekt wellt es sich, mit ihren prallen Brüsten, die sich nur schwer in einen BH zwängen lassen ... Explodiert sie nicht vor lauter weiblichem Charme? Alle Burschen des Viertels verzehren sich doch nach ihr. Wie können nur so viele üppige Gaben in einem einzigen Körper vereint sein! Kurze Zeit später empfängt die Witwe des Hauptmanns tatsächlich in ihrem Salon ganz ungeniert einen Waffenbruder des Verstorbenen. Aber was soll's, schließlich war sie schon immer für die großzügige Gastfreundschaft ihrer Schenkel bekannt. Wer hat denn nicht bemerkt, wie sie am Sonntag den Offizieren, die jünger waren als ihr verstorbener Mann, immer schöne Augen gemacht hat? Glaubt man Bernadette, dann hätte ihr Mann vom Alter her genauso gut ihr Vater sein können. Und wer wusste schließlich nicht über ihr langes Fortbleiben vom Haus Bescheid, wenn der Vater deines Freundes zu einem Einsatz abkommandiert war? Deshalb muss man sich sehr gut überlegen, mit wem man einen über den Durst trinkt. Also ich – es ist Faustin, der da spricht –, ich stoße nur mit den Engeln an. Womit er eigentlich sagen will, dass er mutterseelenallein pichelt. Gerade mal dass er dabei das übliche Trankopfer für die Geister versprengt. Für andere wiederum handelt es sich um eine Racheaktion der Mysterien. Seit einer Ewigkeit hatte ihnen der Offizier kein Mahl mehr geweiht. Keinerlei Gottesdienst. Nichts. Der hat wohl geglaubt, er sei vor ihren Nachstellungen sicher. Die Gerüchte sprießen überall und lange Zeit. Grannie behält schließlich in der Sache das letzte Wort. Der Mann hat seine Seele verpfändet, wird sie zu einer »Schwester« aus der Kirchengemeinde sagen. Für sie ist die Sache klar. Ein Mann, der Bohnenkerne isst, kann auch nur Bohnenkerne scheißen. Mit anderen Worten, wer einen Pakt mit dem Teufel schließt, sollte darauf gefasst sein, dass er früher oder später dafür die Zeche bezahlen muss. Jawoll!

Das Gemeinste an dieser Geschichte ist, dass du sie nie von allen Dächern wirst pfeifen können. Erzählen, was du gesehen hast, mit eigenen Augen gesehen hast, unter einem Esstisch versteckt. In großen, dicken Tropfen deine Heidenangst ausschwitzend. Keiner würde dir glauben. Die Rückkehr nach Guinea ist eine ernste und gewichtige Sache. Laut Fanfan haben nicht einmal die Tapfersten unter den Eingeweihten das Recht, ihr beizuwohnen. Das ist etwas, das sich allein zwischen dem *oun-oun-oungan*, der Leiche und dem *maître-tête* des Verstorbenen, also so etwas wie seinem Geist, abspielt. Manchmal erlaubt ein mitfühlender Priester auch den allernächsten Verwandten, dabei anwesend zu sein. Aber das kommt selten vor. Und darum noch einmal, wer würde dir glauben, wenn du herumerzählst, dass du sozusagen in der ersten Reihe dabei warst? Du, das Unschuldslamm! Deshalb musst du dir etwas anderes einfallen lassen. Dazu tauglich, dass es noch den Kühnsten die Sprache verschlägt. Sogar Lord Harris, dem Kollegen von Faustin, mit seinem ganz und gar britischen Phlegma. Mit seiner Grabesstimme nennt er Grannie ständig *manman*, obwohl er vom Alter her ihr Mann sein könnte. Etwas Machtvolles muss her. Aber was? Je mehr Tage vergehen, desto weniger kommst du davon los. Hast immer größere Mühe einzuschlafen. Bist immer häufiger den Geräuschen der Nacht ausgeliefert. Du hast es dir in den Kopf gesetzt. Als ob dein Leben davon abhinge. Die Osterferien dürfen nicht zu Ende gehen, ohne dass du dein Ziel erreicht hast.

4
MARASA

*

Der Körper von Caroline. Da. Spürbar anwesend. Der Körper von Caroline in seiner Weiblichkeit. Von hier wie von dort. Vor allem von dort. Von der Insel. Der Körper von Caroline. Dessen Wärme und Atem sich unter den Laken mit dir vereinen. Mit dir einen verschwörerischen *kongo* aufführen. Ihr zum Trotz. Der Zeit und den Ozeanen zum Trotz. Caroline Acaau, sing den *kongo*, tanz den *kongo*. Solange bis das Herz davon schmerzt. Bis uns beiden davon alles wehtut. Bis ins Innerste. Aber niemals schmerzt das Leben schöner ... Ihr Körper an deiner Seite. Dennoch in seinem Schlaf anderswo. Als hätte Caroline die Macht, zugleich hier und dort zu sein. Als gäbe es Augenblicke, in denen ihr Leib von zwei Geistern bewohnt wird. Von denen dir der eine ganz vertraut ist. Offen für deine Zärtlichkeiten. Für deine Worte auch von fernen Ufern. Der andere sich dir aber beharrlich entzieht. Eingeschlossen in sein göttliches Geheimnis. Wie jetzt. Hier. Wo ihr Schlaf, ein glattes, ruhiges Meer, gerade von leisen Zuckungen durchfahren wird. Lebhafter wird. Wellen, die sich kräuseln, höher schlagen. Bevor sich alles wieder aufheitert. Unermessliches Rätsel, der Körper von Caroline.

*

Du bist noch ganz mit deinen Erkundungen beschäftigt, als Caroline und Carolina zu euch ins Viertel ziehen. Kaum angekommen sind sie bereits Gegenstand der allgemeinen Aufmerksamkeit. Die Nachbarn wetteifern miteinander um ihre Gunst. Jeder will ihren Wünschen zuvorkommen. Will dabei der Erste sein. Will sie auf Händen tragen. Auf Samt und Seide betten. Mit einem Wort: Sie werden wie Prinzessinnen aus dem Morgenland verehrt. Aufgewachsen aber sind sie nicht bei euch. Haben nicht von allen Erwachsenen, die das Viertel zu bieten hat, schon mal eine gepfeffert bekommen, weil sie sich in aller Öffentlichkeit ungebührlich verhalten haben. Sich im Staub gewälzt. Mama und Papa gespielt. Oder auch Onkel Doktor. Was das beste Mittel ist, um an die Jungfraumaria eines Mädchens ranzukommen. Es beginnt damit, dass du von ihr verlangst, sich auf den Boden hinzulegen. Unter einem Bett. Oder noch besser unter einem Tisch. Weil da mehr Platz ist. Und dann das Kleid bis zum Hals hochzuziehen. Die Augen zu schließen. Damit sie nicht sieht, wie du dich ihr mit einem feuchten Schmatzer näherst. Der Rest, also die Hand auf ihre kleinen Mandarinen zu legen oder unter ihr Höschen zu schieben, ist eine Sache der Überredungskunst. Aber lassen wir das, in dem Alter, um mit aller Unschuld solche Spiele spielen zu können, bist du schon lange nicht mehr. Beim letzten Mal hast du dir dafür eine gewaltige Tracht Prügel eingefangen. Wutentbrannt von Ton' Hermann verabreicht, als er dich dabei erwischt hat, wie du mitten am helllichten Tag seine älteste Tochter einer solchen Untersuchung unterzogen hast. Du hast bis jetzt noch nicht kapiert, warum er dir mit einem solchen Zorn den Hintern versohlt hat. Wo seine Tochter doch hässlich wie der Hunger ist. Und außerdem geht ihr Atem so kurz und stoßweise, dass eine Kuh nichts dagegen ist.

Caroline und Carolina dagegen strahlen vor Schönheit. Okay, die Brüste und andere Rundungen lassen etwas zu wünschen übrig. Aber das machen sie durch andere Qualitäten mehr als wett. Schlanke Glieder. Hellbraune Augen. Funkelnd und voller

Schalk. Ein eher schüchternes Lächeln. Wie scheues Wild. Den Eindruck erweckend, als seien sie stets auf der Hut. In Alarmbereitschaft. Bei der geringsten falschen Bewegung nichts wie weg. Ein wenig wie der Werwolf, wenn die Morgendämmerung aufzieht. Und trotzdem ist es besser, man lässt sich nicht mit ihnen ein. Jedenfalls erzählt man sich das im Viertel so. Sie sind in der Lage, dir drei Tage lang in die Eingeweide zu fahren. Dir eine Darmkolik zu verpassen, die kein Kräutertee entkrampfen kann. Oder, schlimmer noch, eine höllische Durchfallattacke. So schlimm, dass du noch mit über fünfzig eine Windel tragen musst. Caroline und Carolina sind Zwillinge, das ist es. Marasa, wie man das bei euch nennt. Du kannst dir noch so sehr das Gehirn zermartern, du kriegst nicht raus, woher sie all diese Macht haben. Sechs Finger an der Hand haben sie jedenfalls nicht. Andere Zwillinge durchaus, und davon kennst du nicht wenige. Dank ihrer zusätzlichen Fingerknöchelchen können sie einem gar fürchterliche Dinge antun. Wie zum Beispiel in den Bauch ihres Feindes per Fernsteuerung abscheuliche Würmer einpflanzen. Trichinen nennt man die. Sie impfen dich damit, auch wenn du gar kein Schweinefleisch auf deinem Teller liegen lässt. Und das kleine Biest macht sich dann dran, deine Gedärme zu verschlingen. Mit Fleiß, wenn du in der Schule bist. Oder mitten in einer Predigt. Bis du vor deinen Peinigerinnen im Staub kriechst. In aller Öffentlichkeit Abbitte leistest. Versprichst, dich nicht noch einmal so respektlos zu verhalten.

Aber es sind nicht alle Marasa so abgrundtief böse. Das könnt ihr getrost glauben. Zum Beispiel Amos und Abdias. Die beiden Zwillinge aus der Kirche, die dort immer *a cappella* oder im Kanon singen. Die Älteren erzählen sich, und sie kennen sich damit aus, dass die beiden allein mit ihrer Stimme viele abspenstige Seelen und verirrte Herzen für den großen Plan Jahwes mit den Christenmenschen auf Erden zurückgewinnen konnten. Ihr Ruf hat sich im ganzen Land verbreitet. Vor zwei Jahren wurden sie zum Fest der Nationalfahne in den Norden eingeladen, um dort ihre Stimmen ertönen zu lassen. Im Hof der riesigen Zitadelle von König Christophe, die bis an die Wolken und in den Himmel reicht. Noch höher als der Hügel. Und wisst ihr was? Der schwere

Eisengurt der Festung hat diesen Ansturm nicht ausgehalten. Mittendurch entzwei gesprungen ist er. So dass er danach erneuert werden musste. Um es kurz zu machen: Die beiden haben eine Stimme von solcher Macht und Wucht, dass sie damit die sieben Posaunen Josuas und das Feldgeschrei der Kinder Israels übertönen können. Wären sie damals dort gewesen, hätten die Mauern Jerichos nicht sieben Tage lang gehalten. Und dann gibt es da auch noch Ruth und Lea. Bei den Hochfesten im Kirchenjahr sind sie die Engel. Unsere guten Engel. Vor allem Ruth. Die so leichtfüßig und freudig herumhüpft, dass man sie für einen Spatz halten könnte. Ruth, der du immer zärtliche, verliebte Augen machst. Na, diese vier tragen jedenfalls für keinen Pfifferling Hass in sich. Trotz ihrer zwölf Finger. Die gesamte Kirchengemeinde hätschelt sie. Verehrt sie, als wären sie Sonderabgesandte von Jahwe. Sie verkörpern den Sieg über die Katholen und alle die anderen mit ihren Trommeln.

Caroline und Carolina wirken allerdings auch nicht so, als wären sie tückisch und verschlagen. Trotz all der Gerüchte, die über sie im Umlauf sind. Von hässlichen alten Jungfern und Betschwestern immer weiter genährt. Am Sonntag gehen sie zur Messe. Wie alle normalen Leute. So gut wie alle. Du gehst nämlich am Samstag. Was für eine Augenweide, sie in ihren rosa Kleidern durch die Straßen spazieren zu sehen. Beide wie aus dem gleichen Ei gepellt. Die Kleider von der Tante maßgeschneidert, bei der sie wohnen, solange bis sie ihrer Mutter nach New York nachreisen können. Wenn man sie so dabei beobachtet, wie sie mit winzigen Schritten durchs Leben tippeln, würde ihnen keiner irgendwelche Kenntnisse zutrauen. Und du schon gar nicht. Ein Unschuldslamm. Nur allzu bereit, ihnen zu glauben, dass sie kein Wässerchen trüben können. Wobei für dich erschwerend hinzukommt, dass Caroline, die zartere und ernsthaftere der beiden, ein Auge auf dich geworfen zu haben scheint. Aber auch, wenn du nicht weißt, woher die Marasa ihre Macht haben, woher ihr Name kommt, das weißt du. Einer auf der Insel weit verbreiteten Anekdote zufolge soll zu Zeiten, als ihr noch eine Kolonie wart, ein Sklave losgeschickt worden sein, um den Weißen Caradeux davon zu benachrichtigen, dass seine Gemahlin ihm Zwillinge geschenkt hatte. Als er die Nachricht vernahm, soll er stolz ausgerufen haben: »C'est de ma race, ça.« Die stammen von mir ab! Daraufhin machte der Sklave kehrt, rannte zur *grand'case* zurück und brüllte unterwegs laut: »Der Weiße hat gesagt, es sind zwei Marasa!« Viele Jahre später solltest du erfahren, dass Marasa von dem Lingála-Wort *mapasa* abgeleitet ist, das Zwilling bedeutet. Aber das ist eine andere Geschichte.

Für alles Übrige hast du Fanfan, der dir wie immer mit seinem Wissen aushilft. Wenngleich nicht ohne Gegenleistung. W-w-weil es nämlich gefährlich ist. Was redest du denn da? Warum denn gefährlich? (Du lenkst ab; vielleicht schaffst du es ja diesmal, was rauszukriegen, ohne bezahlen zu müssen.) Du-du-du weißt ganz genau, dass Grannie nicht will, da-da-dass wir über solche Sachen reden. Deine Neugier ist stärker. Gut, dann wirst du eben dafür blechen. Ein Viertel von dem, was du heute Mittag auf deinem Teller hast. Fanfan tut zunächst so, als würde er sich auf deinen Handel einlassen wollen. Die Ma-Ma-Macht der Marasa hat ihren Ur-Ur-Ursprung ganz weit weg. In Gui-Gui-Guinea. Und weiter? Du brennst vor Ungeduld. Aber das Stottern von Fanfan verebbt zur Quasi-Stummheit. Die Wörter tun sich noch schwerer, aus seinem Mund zu kommen. Er grinst dich an. Du hast die Botschaft verstanden. In Ordnung. Die Hälfte von dem, was du auf dem Teller hast. Aber kein einziges Reiskorn mehr. (Während du ihm zuhörst, überlegst du bereits, wie du es anstellst, ihn um seinen Lohn zu bringen.) Sie-sie-sieben Tage und sie-sie-sieben Nächte dauert die Reise, unter dem Wasser des Atlantiks, bis man auf unsere Küste stößt. Das weißt du bereits, dass die Reise zwischen der Insel und Guinea so lange dauert. Du versuchst, deinen Cousin bei einem Fehler zu ertappen. Dafür könntest du ihm dann Reiskörner abziehen. Ohne zu atmen? Da-da-das ist nicht nötig. Du startest einen Konter. Aber sogar die Wale müssen aufsteigen, um Luft zu holen. Das hast du in der Schule im Naturkundeunterricht gelernt. Fanfan lässt sich nicht ins Wort grätschen. Ni-ni-nicht die Marasa. Von Ge-Ge-Geburt an besitzen sie alle Gaben. Im Guten wie im Bösen. Ein Blick reicht ihnen aus, um jemanden zum Schweigen zu bringen. Um ihn wie einen Floh zu zerquetschen. Nor-Nor-Normalerweise sind sie aber sanftmütig. Nicht so wie Ogou, der beim geringsten Anlass gleich mit einem Sterblichen die Klinge kreuzt. Oder Ezili, die dich wutentbrannt mit ihren roten Augen durchbohrt, weil sie mit dem falschen Fuß aufgestanden ist. Die Marasa sind da viel verträglicher. Aber man darf sie nicht pro-pro-provozieren. Das ist also der Grund, warum das Viertel die Zwillinge so pflegt und umhegt. Du fragst einfach noch irgendwas, das dir gerade einfällt. Möchtest für dein Geld so viel wie möglich wissen. Das heißt, natürlich für deinen Reis. Und dieser andere Cousin, der Marasa Granmoun heißt? Der Große? Dann muss es doch auch einen Marasa Timoun geben, oder? Einen Baby-Marasa? We-we-wenn du mich so oft unterbrichst, dann si-si-sitzen wir morgen noch hier.

Tro-tro-trotzdem ist die Macht der Marasa nichts als Hühnerdreck, verglichen mit der ihres jüngeren Bruders, dem Dosou. Das sind schon komische Kerle. Und auch böswilliger. In der Schule kennst du einen, der mit dem linken Ohr wackeln kann, ohne dabei auch nur den kleinen Finger zu rühren. So was muss man mal gesehen haben! Das Ohr hüpft in alle Richtungen. Als hätte es mit dem übrigen Körper nichts zu tun. Während er dich mit seinem komischen schielenden Blick beäugt. Im Mundwinkel so ein fieses Grinsen. Also, vor dem ist man besser auf der Hut. Gefolgt von einer Meute Speichellecker stolziert er immer auf den Pausenhof hinaus. Alle prügeln sich nur so darum, ihn mit Pasteten zu versorgen. Bereits geschälten Orangen (fehlt nur noch, dass sie ihm den Saft direkt in den Mund pressen). Zerstoßenem Wassereis mit Sirup, das ihr Fresco nennt. Erdnüssen. Die er sich ohne das kleinste Dankeschön in den Mund schiebt und hinuntermampft. Da fehlt doch jede gute Erziehung, oder? Für weitaus weniger als das durchbohrt Grannie dich mit einem rabenschwarzen Blick und wenn es ein zweites Mal vorkommt, verpasst sie dir eine Ohrfeige. Aber eine richtige Kopfnuss, nicht ins Gesicht. Das Gesicht ist bei euch heilig. Das Refugium der Würde des Menschen. Noch eine dritte Dummheit? Du hast diese Tracht Prügel selbst gewollt. Aber kehren wir zum Dosou und seiner Clique von Speicheleckern zurück. Bei den Schulaufgaben lassen ihn immer alle abschreiben. Auch wenn das Risiko groß ist, vom Lehrer erwischt zu werden. Als der den Dosou einmal in die Ecke gestellt hat und es außerdem wagte, ihm in Mathe gepfefferte null Punkte zu geben, eine Note, die er immer einsackt, sobald man ihn von seiner Entourage wegsetzt, fesselte der Dosou ihn zur Strafe im letzten Drittel des Schuljahrs ganze 77 Tage und 77 Nächte lang ans Bett. An dem Tag muss der Dosou besonders schlecht drauf gewesen sein. Der arme Lehrer musste dafür die Zeche zahlen. Normalerweise verhängt er für eine so schlechte Note nicht mehr als eine Woche.

Caroline und Carolina haben solche krummen Touren nicht nötig. Oder um mit Fanfan zu sprechen: Für sie ist überall der Tisch gedeckt. Außer bei euch. Grannie hängt für sie die Trauben nämlich ganz schön hoch. Der kleinste Gunstbeweis von ihrer Seite und das ganze Viertel würde hipp hipp hurra schreien. Im Übrigen picken sich die beiden die Rosinen heraus, wo und wie es ihnen gerade gefällt. Aber sie scheinen wirklich nur den Appetit von zwei Vögelchen zu haben! Außerdem ist ihre Tante, die aus hartem Holz geschnitzt ist und mit der Hälfte ihrer Nachbarn im Streit liegt, nicht gerade erfreut über all die Kavaliere, die um ihre Nichten herumschwänzeln. Trotzdem schade drum. Was für eine Verschwendung! Wo es was zum Beißen gibt, da fehlt der richtige Hunger. Und umgekehrt. Wenn du an ihrer Stelle wärst, würdest du wie ein Wilder wüten. Bei so vielen für dich gedeckten Tischen könntest du von früh bis spät trainieren. Ohne Luft zu holen. Du würdest einer Tafel nach der anderen die Ehre geben. Ja, deine Lieblingsgerichte einfordern. Aber die beiden? Nichts davon. Sie enthalten sich jeder öffentlichen Zurschaustellung ihrer Macht. Bloß kein Aufsehen erregen. Außer, wohlgemerkt, man lässt ihnen keine andere Wahl! Wenn jemand die Grenzen überschreitet. Ihre Sanftheit mit Schwäche verwechselt. Was dann schließlich irgendwann auch eintritt. Eines Abends, beim Seilspringen. Ein typisches Spiel für Mädchen. Außer es ist einem wirklich sterbenslangweilig ... Maguy, die Schwester von Freud, begeht den Fauxpas, eine der beiden Marasa zurechtzuweisen. Es gibt Schimpfen und Schubser. Die Zwillinge verziehen sich wortlos. Noch am selben Abend hat es Freuds ältere Schwester erwischt. Sie liegt mit 40 Grad Fieber im Bett. Delirium. Schlimmste Bauchschmerzen. Einfach so. Aus heiterem Himmel. Bittermelonentee, Aspirin, Eintauchen in kaltes Wasser, dem verschiedene Heilkräuter beigesetzt wurden, freimaurerische Beschwörungen, das *Kleine* und das *Große Buch der Zaubersprüche* – nichts will gegen die plötzliche Krankheit helfen. Es tritt keinerlei Linderung der Beschwerden ein. Im Gegenteil. Je mehr versucht wird, desto schlimmer wird der Zustand der Kranken. Drei Tage und drei Nächte geht das so, erst dann erlangt sie die Gesundheit wieder. Nachdem Freuds Mutter einen Bittgang zur Tante der Zwillinge unternommen hat. Am Morgen nach diesem Besuch ist das Übel genauso plötzlich verschwunden, wie es gekommen ist. Und Maguy springt munter wie ein Zicklein herum. Als ob sie niemals krank gewesen wäre. Alles in allem ist sie dabei noch gut weggekommen. Die drei Tage waren lediglich eine Warnung, nichts weiter. Die Marasa hätten ihr fürs ganze Leben den Eisprung ruinieren können. Oder sich eine Freude daraus machen, ihre künftige Kinderschar mit einem Happen zu verschlingen. So wie Damballah es mit den Eiern macht ... Trotzdem können Caroline und ihre Doppelgängerin dich – jedenfalls in dieser Phase deines Lebens – nur für einen Moment von deinem Vorhaben ablenken.

5
DER TRAUM

*

Der Körper von Caroline. Einer Melodie aus der Kindheit gleich, die sich schlecht zur Gegenwart fügen will. Zu dieser Nacht heute. Dieser *nuit blanche* in Harlem. Einer Melodie gleich, die weder Takt noch Maß kennt. Weit vorkragend aus der Zeit, in ihr schwebend. Ein Lied, das dich durch die voranschreitende Nacht trägt, von dir erst im Singsang gemurmelt, dann lautstark, aus voller Lunge und mit deinem ganzen Körper gejubelt, gejodelt und geschmettert. Um die Kindheit wiederzufinden, ohne ihre Tabus, ohne ihre Ängste. Ein Lied, das sich gleichwohl selbst verneint. Bis in den Schlaf von Caroline hinein die Verweigerung bald lindert, bald umso spürbarer macht. Dich auf dem weiten Meer deiner Träume einsam treiben lässt. In deinem Begehren nach ihr, das diese Nacht stärker ist denn je. In deinem Begehren nach ihrem Körper, in den dir der Weg verboten ist. Ein ums andere Mal verheißen und verwehrt. So nah und so fern. Dennoch.

*

Was dich außer der Götterspeisung und den Geistern, die sich nackt ausziehen, beim Voodoo am meisten begeistert, das ist die Musik. Gesänge und Tänze, die einem – wenn man nicht aufpasst – das Ohr, die Hüften und überhaupt den ganzen Körper bis nach Guinea entführen können. Aber du wärst nicht in der Lage zu sagen, wie man den Voodoo auf dem richtigen Fuß zu tanzen anfängt. Mit gebeugtem Rücken einen *yanvalou* vorführt, einen aufrechten *dahomey*, einen *kongo*. Einen *mahi* in Marsch setzt. Die Webweise des *gede zariyen*, des Spinnengeists, nachspinnt. Einen zuckenden *banda* zu Ehren von Grann Brigitte oder einem anderen Mitglied der Gemeinschaft der *gede* nachahmt. Mit den Liedern ist das anders. Immer wieder kommt es vor, dass du eines vor dich hinsummst, ohne überhaupt zu wissen, dass es ein Voodoo-Lied ist. Häufig erinnerst du dich auch gar nicht mehr, wo du die Melodie aufgeschnappt hast. Eine kleine Weise, hie oder da aus der Luft gepflückt. Von den Lippen eines Vorübergehenden. Aus der Nachbarschaft. Aus dem Radio. Vom Wind herbeigetragen. Dem Wind, dem sogar ein eigenes Lied gewidmet ist. Und das zu Recht. Was wäre denn sonst mit den Drachen? Wie sie in die Lüfte steigen lassen? Gibt es doch nichts Traurigeres als einen Drachen, der die Schnauze in den Dreck steckt. Einem flügellahmen Vogel gleich, den ein Kater mit demütigenden Pfotenhieben vor sich herjagt. In ein lächerliches Spielzeug verwandelt, einen vulgären Zeitvertreib, statt sich mit ihm als Beute den Wanst vollzuschlagen. Und du bist den ganzen Vormittag damit beschäftigt, mit dem Drachen hinter deinem Rücken kreuz und quer durch die Gegend zu rennen. Auf der Suche nach einer Brise, die ihn abheben lässt. In den weiten Himmel aufsteigen. Wohin du ihm dann, gegen einen Baumstamm gelehnt, sehnsüchtige Liebesbriefe nachschicken könntest. Stattdessen verbringst den ganzen Vormittag oder den ganzen Nachmittag damit, wie ein Zicklein herumzuspringen. Mit der Gefahr, dass es dir dabei noch die Lungen zerreißt. Oder dass du stolperst und dir das Gesicht aufschrammst, weil du dir die Beine aus dem Leib rennst und dabei ständig den Kopf nach hinten drehst, um zu sehen, ob der große Vogel endlich abgehoben hat. Danach sinkst du müde unter einem Baum nieder, um wenigstens vor der Sonne geschützt zu sein. Mit dem Drachen neben dir auf dem Boden. Traurig. Nutzlos. Und fast als sei's gegen deinen Willen, entschlüpft deinen Lippen eine Melodie. Eine Melodie, um den umherschweifenden Wind zu besänftigen und ihn aus fernen Landen zurückzulocken. Auf dass er deinem Drachen Flügel wie ein Albatros verleihen möge.

Papa Loko ou se van
Pote m ale
Ou se papiyon
W a pote nouvèl bay Agwe*

Ein Lied, das du auch noch zu Hause vor dich hinsummst. Woraufhin Grannie im Gesicht rot anläuft und dich fragt, wo du dieses verfluchte Teufelszeug her hast. Du hörst sofort zu singen auf. Außer du willst, dass sie dir den Hintern versohlt. Dass sie dich damit bloß nicht mehr erwischt! Ohne es zu wollen, bringt Grannie dich jedes Mal überhaupt erst auf die Spur. Während du noch meilenweit davon entfernt bist, dir da irgendwelche Gedanken zu machen. Befiehlt dir, das Radio auszuschalten, wenn gerade eine Musik kommt, bei der das Fell der Trommel zu stark vibriert, surrt und girrt. Das Trommelgewitter in deinen Adern zu einem wahren Ameisengewimmel explodiert. Und erst recht in deinen Hüften. Wo es juckt und brennt und die sich automatisch in Bewegung setzen, wie ferngesteuert. Ohne dass du das auch nur einen Augenblick anhalten kannst. Es ist stärker als du. Deine Hüften ohne eigenen Willen, den Klängen der Trommel unterworfen wie ein Zombie. Deine Hüften, die ohne es zu wissen oder zu wollen dem Verbot von Grannie trotzen. Mit der Zeit

---

* Lied, das du vor dich hinsingen musst, wenn dein Drache flügellahm ist. Wenn es mit ihm nicht so gehen will, wie es soll. So wie bei Bileams Esel. Dann rufst du den Geist des Windes herbei. Der heißt Papa Loko. Mit deinem Lied schmeichelst du ihm. Solange bis er seine Faulenzerei abschüttelt, sich endlich erhebt und den Drachen in die Wolken entführt.

entwickelst du eine eigene Kunst, dich reglos in den Hüften zu wiegen. Still und heimlich. Ohne Grannies Aufmerksamkeit auf dich zu ziehen. Die trotzdem herbeieilt und lautstark schimpft. In diesen Sachen kennt sie keinen Spaß, da empört sie sich schnell, deine Grannie. Tag und Nacht senden die jetzt so ein Zeug! Was soll bloß aus der Jugend in unserem Land werden? Wo bleiben die guten Sendungen, bei denen man etwas lernen kann? Die Kirchenlieder, um die Seele zu erheben? Die französischen Chansons? Mireille Mathieu, Nana Mouskouri, Sylvie Vartan ... Und was ist mit der schönen klassischen Musik? Kurzum, dadurch dass Grannie so sehr auf ihren eigenen Meinungen herumreitet, wirft sie dich erst recht der allgemeinen Verderbnis in die Arme. Was natürlich nur so eine Ausdrucksweise ist. Denn du hast immer noch nicht deine große Tat vollbracht, die dir in den Augen der anderen endlich mehr Glanz verleihen wird.

Um die Wahrheit zu sagen, bist du manchmal sogar nahe daran, aufzugeben. Hast genug davon, dir von früh bis spät das Hirn zu zermartern. Man könnte fast glauben, dass dein Leben davon abhinge! Dich dauernd so zu quälen. Und das ohne Erfolg. Du hast genug davon, dass dieses ständige Kopfzerbrechen dir den Schlaf raubt. Dich nachts immer nur für kurze Zeit einschlummern lässt. So dass du der Nacht und ihren ungesunden Geräuschen ausgeliefert bist. Und dich am Tag in einen willigen Gefolgsmann plötzlicher Schlafanfälle verwandelt. Als wärst du von einer Tse-Tse-Fliege gestochen worden und an den unerwartetsten Orten: am Esstisch sitzend, auf dem Mäuerchen der Veranda oder auf dem Stuhl mit dem kaputten Strohgeflecht, im Hof, an die Mauer gelehnt ... Einmal übermannte dich die Schläfrigkeit mitten am Tag so stark, dass du in einen tiefen, tiefen Traum gesunken bist, der dich auch nach dem Erwachen, mit vereinten Kräften von Fanfan und Freud wachgerüttelt, noch völlig in seinem Bann hielt. Dein Cousin, dein Kumpel und das vorgeschlagene Fußballspiel mussten ohne dich auskommen. Dein Geist, noch trunken vom Schlaf, blieb weiterhin in dem Traum befangen. Ganz der Erinnerung hingegeben, einer der schönsten deines Lebens, die du durch ihn wiedergefunden hast und der er bis auf Haar glich.

Du verdankst diese Erinnerung Ton' Rodolphe, dem älteren Bruder von Ton' Wilson. Sie hat mit dem Karneval auf der Insel zu tun. An diesen heidnischen Feiern nimmt die Familie grundsätzlich nicht teil. Punkt. Grannie dixit. Nichts als Ausschweifung und Schweiß. Aller Laster Anfang. Weshalb Grannie dich bisher für diese Tage auch immer zu einer Freundin oder einem entfernten Verwandten aufs Land verfrachtet hat. Dieses Jahr jedoch habt ihr kein Geld übrig und darum bleibst du in Port-aux-Crasses. Kommt überhaupt nicht in Frage, dich mit leeren Händen zu den Leuten zu schicken. Ohne ein kleines Geschenk für den einen oder anderen. Denn sie sind dort zwar alle gastfreundlich, aber für solche kleinen Zeichen der Dankbarkeit trotzdem empfänglich. Jedenfalls ist das Ergebnis von Grannies fruchtlosen Einkaufsgängen: Du musst diesmal zu Hause bleiben. Und zwar in einem Haus, das für die Tage so verbarrikadiert wird, als handle es sich um die Burg Zion. Doch Ton' Rodolphe sollte für dich eine Bresche schlagen. Ein unerhörtes Ereignis in der Familienchronik! Wobei dazu gesagt werden muss, dass Grannie für diesen Neffen eine große Schwäche hat. Ihr Herz schwankt zwischen ihm und Ton' Wilson wie der Wechsel von Ebbe und Flut. Doch das ist eine andere Geschichte. Außerdem war es ja auch nicht so, dass Ton' Rodolphe seiner Tante ganz offen die Stirn geboten hätte. Einfach so. Am helllichten Tag und in aller Öffentlichkeit. So dass sofort behauptet worden wäre, Grannies Hochmut habe Federn lassen müssen. Und ihre Mitbrüder und Mitschwestern den Verdacht gehegt hätten, sie sei dem Fürsten der Finsternis erlegen. All seinem Prunk und Pomp. Doch weit gefehlt! Ton' Rodolphe hat seine ganz eigenen Tricks auf Lager. Er weiß sehr wohl, dass man sich einer Welle nicht frontal entgegenstellen darf. Sondern dass man ihr ausweichen und sie von der Seite erwischen muss. Genauso wie bei dem *laisser-frapper* während des Karnevals. Auge in Auge mit dem Gegner. Den Prügeleien während des Karnevals, wo man sich gegenseitig an die Gurgel zu fassen versucht. Da duckst du dich weg. Beugst den Oberkörper weit zurück. Versuchst, nach hinten auszuweichen. Setzt deine Schritte so, dass du dich Haken schlagend vorwärtsbewegst. Sonst kriegst du den Hieb voll ab, mit aller Wucht auf die Brust. Was dann bedeuten würde, dass du mindestens zwei Wochen lang mit einem Verband um die Rippen herumlaufen musst. Also Ton' Rodolphe hat das alles jedenfalls erfolgreich gedeichselt. Unter Mithilfe des heiligen Ton' Antonio, dem Patron aller verlorenen Dinge und Angelegenheiten. Der es nämlich bei Gott nicht normal findet, dass ein Kind in diesem Land aufwächst, ohne den Karneval kennengelernt zu haben. Und unter Mithilfe seines Lastwagens, der ihm für sein Täuschungsmanöver gerade recht kommt. Weil er mit ihm nämlich vorgaukeln kann, dass er dich nach Rivière Froide mitnehmen will. Oder auf sein Anwesen in Plaine, zusammen mit anderen Jungs aus eurem Viertel, damit ihr euch mal so richtig mit Mangos und frischem Zuckerrohrsaft den Bauch vollschlagen könnt. So lange, bis euch die Eingeweide platzen.

Am schwierigsten war es, Grannie die Einwilligung abzuringen. Der Rest stellte sich als Kinderspiel heraus. Kein überflüssiges Wort – dumm war Grannie ja schließlich nicht. Das Marsfeld in praller Nachmittagssonne. Gut geeignet als Parkplatz für den Lastwagen. Die tausend glitzernden Pailletten des Karnevalszugs, als der sich eine Stunde später nähert. Und da geschieht es, dass deine Augen in einer der Vorgruppen, die die Stimmung schon mal so richtig anheizen sollen, bevor dann die großen Wagen kommen, also dass deine Augen auf Ti-Comique fallen, den Trommler aus dem Peristyl von Edgar, das älteste der zahlreichen unehelichen Kinder des *oungan*. Ti-Comique hat die Trommel an einem Lederriemen umgehängt und schlägt sie mit geschlossenen Augen. Tanzt dabei gleichzeitig. Bewegt sich mit dem Karnevalszug fort, obwohl seine Füße fest mit dem Boden verwurzelt sind. Wird von seiner Musik davongetragen. Wird von der Menge davongetragen. Ti-Comique schlägt schweißgebadet die Trommel. Ti-Comique trommelt wie ein tollwütiger Hund. Er schlägt und schlägt und schlägt seine riesige Trommel. Der Schweiß glänzt ihm auf dem Gesicht. Strömt ihm über die Brust. Färbt sein Unterhemd dunkel, das blutrot ist. Rot wie das Blut eines frisch geschlachteten Stiers. Ti-Comique lässt seine Trommel knurren, kläffen und grollen. Inmitten der tausend Geräusche des Karnevals eine dir verbotene Sprache sprechen, die alle deine Sinne mit einer Leichtigkeit verstehen, als ob dies schon immer so gewesen wäre. Was nur Grannie und die anderen Gemeindemitglieder aus der Kirche erstaunen würde. Du kannst nicht anders, du musst ihm aus der Menge zuschreien. Schlag lauter, Ti-Comique. Kräftiger. Weiter, Ti-Comique. Mach weiter. Bis zum letzten Tropfen deiner Energie. Schlag weiter die Trommel. Bis zum letzten Pulsschlag in deinen Adern. Solange der Umzug andauert, verwandelt sich der Sprössling der Cour Daré, dieses Agglomerats aus Bruchbuden, die sich gegenseitig Stütze sein müssen, weil sonst alles in sich zusammen fallen würde, in einen anderen. Aus dem Sohn von Darélia und Edgar, den alle anständigen Familien des Viertels für einen ausgemachten Tunichtgut halten, wird für die Dauer des Umzugs ein König. Der Trommelkönig. Spiel, *King of the Bongo*. Spiel für mich, *Mr Tambourine Man*. Töte in mir den Virus der Unschuld. Und während Ti-Comique mit seinem ganzen Zorn des Vagabunden die Trommel schlägt, hat er durch die tausend Stimmen des Karnevals hindurch vielleicht deinen Ruf vernommen. Du wiegst dich in den Hüften, als hätte dich ein ganzer Schwarm großköpfiger roter Ameisen gebissen. Wiegst dich in den Hüften, dass du selber auch bald in Schweiß gebadet bist. Wiegst dich für all die Verbote der vergangenen Tage, Wochen und Monate. Vergisst dabei sogar, dir wie die anderen Kinder um dich herum den Mund mit Süßigkeiten vollzustopfen. Bis zum Einbruch der Dunkelheit. Bis Ton' Rodolphe dich mit zu sich nach Plaine nimmt. In sein großes Haus mit den hohen Zimmern und dem offenen Dachstuhl. Wo du erschöpft und glücklich einschläfst, den Kopf voller Lieder und Tanzschritte ...

In dieser Nacht hat die Schlange euch auf den Kopf geschissen, Fanfan und dir. Sie hatte sich ins offene Dachgebälk des Hauses geflüchtet, zweifellos auf der Suche nach einem kühlenden Luftzug. Obwohl es Februar war, herrschte nämlich eine höllische Hitze. Da muss die Schlange langsam und schwerfällig unters Dach hochgekrochen sein. Jedenfalls malst du dir aus, dass sie schwerfällig gekrochen ist, denn sie hatte eine ziemliche Größe, als das ganze Haus sie im Licht eines Kienspans, Strom gab es dort nämlich nicht, auf einem der Balken entdeckte. Also, jedenfalls schleppte sie ihren Leib danach noch weiter, um auch ins

Zimmer nebenan ihre Scheiße fallen zu lassen, das Schlafzimmer von Tante Frida und Ton' Rodolphe, der ebenfalls aufwachte. Er muss sofort begriffen haben, dass sich da etwas Unerhörtes abspielte. Aber als er aufstand, rutschte er auf der Schlangenkacke aus und stieß sich den Kopf am Bett, weshalb er mit seiner rauen Stimme, die der des Schuhputzers Lord Harris zum Verwechseln ähnlich ist, lautstarke Flüche hervorstieß. Seine Verwünschungen brachten wieder Leben in euch beide, Fanfan und dich, denn ihr wart vor Furcht wie erstarrt. Im Nu war im Haus alles auf den Beinen und rannte zu Ton' Rodolphe. Der zündete ein Streichholz an, griff nach dem Kienspan am Kopfende des Bettes und entfachte daran mühelos eine Flamme, die das Zimmer erhellte. Es brauchte nicht viel Zeit, bis die Natter entdeckt war, die sich lässig entlang eines Balkens ausgestreckt hatte. Ein riesiges Exemplar! Mit einem Schlangenleib so dick wie dein Oberschenkel. Trotz des Aufruhrs und Lärms würdigte sie euch keines Blickes. Ton' Rodolphe bat alle, wieder ins Bett zu gehen, und löschte dann den Kienspan wieder aus. Wo du doch erwartet hättest, dass er die Schlange tötete oder wenigstens verjagte. Es war, als dürfe das Tier keinesfalls gestört werden. Fanfan und du, ihr beide konntet vor lauter Angst den Rest der Nacht kein Auge mehr zudrücken. Im Morgengrauen war die Schlange verschwunden. Da-da-das war Da-Da-Damballah, stotterte Fanfan. Er ist ge-ge-gekommen, um Ton' Rodolphe eine wichtige Botschaft zu überbringen. So-so-sonst wäre er nicht per-per-persönlich hier aufgetaucht. Ein Traum hätte genügt ...

Als dir das alles in den Sinn kommt, während du dich an dieses Ereignis zwei Monate zuvor erinnerst, nach diesem Traum an einem Nachmittag im ewigen karibischen Sommer, da reift in deinem Kopf eine Idee. Und du sagst dir auf einmal: Genau, das ist es! Du weißt jetzt, was deine tollkühne Tat sein wird. Du hast ganz recht daran getan, dass du Fanfan und Freud weggeschickt hast. Das hat es dir erlaubt, in aller Ruhe nachzudenken. Es steht jetzt für dich fest, welches Verbrechen du begehen wirst. Man wird im Viertel noch von dir hören. Die werden Augen machen. Von wegen Unschuldslamm!

6
DAS VERFLUCHTE INSTRUMENT

*

Der Körper von Caroline. Einem verbotenen Instrument gleich. Die Begierde, ihn bis ins Innerste zum Klingen zu bringen. Aber in dieser Nacht gelingt es dir nicht, die Melodie zu entziffern. Sein Lied will nicht zum Spiel deiner Finger stimmen. Kaum glaubst du, seine Musik erlauscht zu haben, entflieht er dir wieder. Mischt falsche Töne in die geglückten Akkorde. Vermischt Illusion und Desillusion. Erinnert dich an die Tänze, bei denen die Frau sich dem Mann darbietet. Ihn anlockt. Nur um sich ihm, sobald er sich nähert, jedes Mal wieder zu entziehen. Der Schlaf von Caroline spielt jetzt auf dieselbe Weise falsch. Wechselt zwischen Tiefen und Höhen. Der Ruhe und dem Sturm. Zwischen Blues und Freejazz. Harmonie und Disharmonie. Ohne sich für eine Melodie zu entscheiden. Wie gern du jetzt auf ihrem Körper spielen würdest. Wie auf einem Akkordeon. Ländliche Idylle. Oder besser noch auf einer Trommel. Einer Trommel für die Engel. Mit fingernder Hand den Rhythmus auf ihren Rücken klopfen. Das trockene, straff gespannte Fell der Trommel. Die von deinem Atem feuchte Haut. Von deinem Keuchen. Deinem Schweiß. Deiner Fantasie. Das Fell würde unter deinen Händen ertönen. Erst leise, dann lauter schwingen. Raue Schreie ausstoßen. Die Haut von Caroline.

*

Um ehrlich zu sein, haben dich die Trommeln immer schon fasziniert. Die Vorstellung, dass einem harmlosen Ziegenfell, abgeschabt, getrocknet und dann über einen hohlen Baumstumpf gespannt, so teuflische Töne entlockt werden können, bleibt für dich ein Mysterium. Ein Mysterium von veränderlicher Gestalt. Je nachdem, ob es sich bei Tag oder bei Nacht offenbart. Nachts kriegst du davon eine Scheißangst. Ganz schön gepfeffert, keine Frage. Vor diesen Tönen, die da aus dem Nirgendwo kommen und deinen Schlaf überfluten. Dir das Hirn wie einen Milchshake durchschütteln. Unglaublich verführerische Töne. Sobald du sie hörst, möchtest du am liebsten durchs Fenster steigen, um dich mit ihnen zu vereinen. Dir das Hemd über Kopf und Schultern legen und in den Kreis eintreten. Aber so einfach lässt du dich nicht hinters Licht führen. Du bist alt genug, um die Tricks der Werwölfe zu kennen. Die sind nämlich ganz schön gerissen. Sie rühren bei jedem an die schwache Seite. Locken den Leichtsinnigen und Unvorsichtigen in ihr Netz. Und zack! Haben sie ihn auch schon. Schluss mit seinem Wagemut. Er wird von ihnen in eine Ziege auf zwei Beinen verwandelt. Dann saugen sie ihm bis zum letzten Tropfen das Blut aus. Um danach den Leichnamsbalg auf die Straße zu schmeißen. Ausgelaugt wie ein Stück Zuckerrohr, das von den Kiefern eines Schweins zermalmt wurde. Unterdessen hört die Trommel nicht auf, ihre Aufforderung zum Höllentanz herauszubrüllen. Niemand würde deine Hilferufe hören. Sofern diese Handlanger des Satans dir überhaupt Zeit lassen würden, noch einen Muckser von dir zu geben! Und selbst wenn jemand deine Schreie gehört haben sollte, wäre er dann verwegen genug, sich aus dem Bett zu wagen? Nach draußen zu gehen, um es ganz allein mit einer Horde von Haarlosen aufzunehmen und dich ihren Klauen zu entreißen? Deshalb ist dir die Trommel am helllichten Tag auch lieber. Wenn man den Trommler in Fleisch und Blut vor sich sehen kann, den Körper ganz dicht am Körper des Instruments. Manchmal auch rittlings darauf sitzend. Wenn du dir sicher sein kannst, dass es sich bei ihm auch um einen echten und wahren Christenmenschen handelt. Um das herauszufinden, gibt es jede Menge geheimer Mittel. Man muss sie nur kennen. Wenn du zum Beispiel vor einem mutmaßlichen Werwolf Sätze aus der Bibel aufsagst und der Mann daraufhin nicht zu zappeln anfängt, als würde ihm gerade ein gut zehn Meter langer Bandwurm die Eingeweide zerfressen, dann ist das ein gutes Zeichen. Dann kannst du dich weiter in den Hüften wiegen, bis du dir die Seele aus dem Leib geschüttelt hast.

Dieses gottverdammte Instrument! Und dennoch. Wenn du die Trommel so gegen die Wand gelehnt dastehen siehst, in einem Winkel von Edgars Peristyl, völlig unschuldig, da kannst du einen Moment gar nicht glauben, dass es sich bei ihr um ein Werkzeug des Teufels handeln soll, wie Grannie kategorisch verkündet. Bei Nacht. Am helllichten Tag. Überhaupt immer und zu allen möglichen Gelegenheiten. So wie auch die Verrenkungen der Glieder zu ihren Klängen auf Geheiß des Satans erfolgen. Seit einiger Zeit überhäufst du die Trommel nämlich mit heimlichen Besuchen, wenngleich mit einer gewissen Distanz. Seit deinem merkwürdigen Traum mitten am Nachmittag, um genau zu sein. Du hofierst sie aus der Ferne. Wirfst ihr zärtliche Blicke zu. Aber immer nur beiläufig. Keiner käme auf die Idee, dass dein schmachtender Augenaufschlag ihr gilt. Manchmal schleicht auch ein Mitglied aus Edgars zahlreicher Kinderschar an der Trommel vorbei. Du hast mit ihnen früher schon ein paar Mal gespielt, doch Grannie darf davon nichts erfahren, der Umgang mit diesen verlorenen Seelen ist dir streng untersagt. Der Junge berührt das Trommelfell mit der Fingerspitze. Nicht viel mehr als eine Liebkosung. Tek. Ein Wassertropfen, der auf den Boden eines Eimers fällt. Mehrere Schläge hintereinander. Tektegedek. Ein andere Junge, mit mehr Erfahrung, nimmt zum Daumen und Zeigefinger noch den Mittelfinger hinzu. Streicht mit Nachdruck über das Fell, vom Rand zur Mitte hin, wo er dann innehält. Das Fell gibt ein Brummen von sich, das in der Luft lange nachhallt. Was für ein seltsamer Laut. Da muss man ganz schön beschlagen sein, wenn man den Eingeweiden der Trommel so etwas entlocken will. Bei deinen Besuchen hast du aus deinem Versteck heraus sogar beobachtet, dass ein Mädchen die Finger prüfend über das Fell des Instruments gleiten ließ! Obwohl du bisher weder von Fanfan noch von irgendjemandem sonst gehört hast, dass Frauen auch die Trommel schlagen können. Sie tanzen zu den Klängen, na klar. Wischen einem Musiker den Schweiß von der Stirn. Bringen ihm Rum, damit er den Durst stillen kann. Aber das wär's dann auch schon.

Nach vielen, vielen weiteren Fragen und Überlegungen, die Bilder aus deiner Erinnerungen und die aus deinem Traum längst miteinander vermengt, der verschwitzte Ti-Comique, Ti-Comique wie ein Wahnsinniger auf sein Instrument einschlagend, nimmst du schließlich das Herz in beide Hände. Zeig allen, wie mutig du bist. (Der Teufel flüstert es dir ins Ohr.) Lass sie sehen, was für ein frecher kleiner Schlingel du bist. König der Tollkühnen. Du kennst die richtige Stunde. Du hast den Zeitpunkt für deinen Coup genau berechnet. Es dürften jetzt alle mit dem Mittagessen fertig sein. Der eine ist zur Arbeit zurückgekehrt. Der andere hat sich ein wenig aufs Ohr gelegt. Du schleichst dich ins Innere des Peristyls, eine Art *grand'case* ohne Wand, mit einem kegelförmigen Dach aus Zweigen. Es befindet sich ein gutes Stück von den Hauptstraßen des Viertels entfernt, hält sich im Hintergrund. Steht auf einem alten Brachgelände, das sich nach und nach mit behelfsmäßigen Behausungen gefüllt hat. Die sich gegenseitig stützen, um nicht voller Panik in sich zusammenzustürzen ... Dir schlottern die Knie. Das Herz klopft dir bis zum Hals. Im Rhythmus eines *mahi* so wild wie ein göttliches Donnerwetter. Gleich wird es dir zum Mund herausfahren und zuckend vor den Füßen liegen. Aber du sagst dir, dass du es jetzt tun musst. Falls du einem Erwachsenen begegnen solltest, hast du deine Antwort fix und fertig bereit: Du suchst Ti-Dady, weil du mit ihm Murmeln spielen willst. Dieselbe Antwort wie damals, als du deiner Angst und dem Verbot der Erwachsenen getrotzt hast, um bei der Heimkehr von Freuds Vater nach Guinea dabei zu sein. Und dann tust du es. Du gehst hinein. Mit entschlossenem, festen Schritt, sobald die Entscheidung einmal gefallen ist.

Du hast Glück. Niemand in Sicht. Solche Tage gibt es einfach. An denen sich alles, was man berührt, in Gold verwandelt. Das Peristyl ist leer. Bis auf die kleine, auf der Erde liegende Trommel, die du normalerweise von draußen erspähst. Wenn deine Exkursionen, die du ohne Grannies Wissen unternimmst, dich mitten ins Herz dieses Viertels im Viertel führen. Und dann bemerkst du noch eine andere. Eine *manman*-Trommel. Aufrecht dastehend. Ganz oben ragen aus ihr Hörner heraus. Sie ist mindestens doppelt so groß wie du selbst. Und dabei bist du trotz deines Alters schon lang wie eine Latte. Weshalb die anderen ja auch immer wollen, dass du dich beim Fußball ins Tor stellst. Aber du weigerst dich jedes Mal, auch wenn sie dich deswegen irgendwann noch aus der Mannschaft schmeißen. Es ist einfach so viel toller, Tore reinzuhauen, als sie zu kassieren! Trotz deiner Angst nimmst du dir die Zeit, das Monster zu umrunden. Die Augen weit aufgerissen. In den Bauch der Trommel sind seltsame Figuren eingeritzt. Du streifst sie erst mit Blicken und streichst dann mit einer Handfläche sacht darüber. Bald mit beiden Händen. Die du sofort wieder wegziehst. Dir ist, als hätte dich ein Stromstoß durchfahren. Dennoch näherst du dich kurz darauf wieder. Umsonst willst du das Peristyl schließlich nicht betreten haben. Für *peanuts*. Obwohl, es sind ja nicht mal die Erdnüsse umsonst zu haben. Ganz im Gegenteil, sie kommen dich teuer zu stehen, wenn nämlich die Händlerin ihren Messbecher mal wieder unten mit Wachs ausgegossen hat. Du fährst mit deiner Berührung fort. Presst die Hände etwas fester gegen das Holz. Diesmal geht es glimpflicher ab. Eine sanfte Wärme strömt langsam in deine Finger. Du fasst Zutrauen – halbwegs jedenfalls, man soll es ja nicht übertreiben – und hältst das Ohr an den hohlen Baumstamm. Dann länger. Als würde ihm ein unnennbarer zauberischer Klang entströmen, aus den Wurzeln des Baumes emporsteigend, dem der Trommelkörper einst angehörte. Aus dem Bauch der Erde. Du machst noch einen Schritt näher, gibst die letzte Distanz auf, falls ein blitzschneller Rückzug angesagt gewesen wäre. Wendest dich der Trommel ganz zu. Wagst eine Berührung mit dem vollen Körper. Du umarmst jetzt das Instrument mit allen vier Gliedmaßen. Wirst eins mit dem Stamm. Diese Trommel muss es sein. Das spürst du ganz genau. Ohne sagen zu können warum. Vielleicht wegen ihrer Größe. Weil ihr euch dadurch auf Augenhöhe befindet. Die Trommel, dein Heldenmut und du. Du hast Glück, denn sie steht direkt vor dem runden Zementsockel in der Mitte des Peristyls. Dort hievst du dich jetzt hinauf. Deine Finger streichen erneut über den Körper und dann über den Rahmen der Trommel. Du stellst dich auf die Zehenspitzen. Nichts zu machen. Springst wieder herunter. Holst dir einen Stuhl herbei, der zufällig herumsteht. Schiebst ihn auf den Sockel. Kletterst erst auf den Sockel und dann auf den Stuhl. Brauchst einen Moment, um das Gleichgewicht zu finden. Und dann geschieht es.

Ein guter Trommler, sagt man drunten im Hafenviertel, ist bis weit über die Ozeane zu hören. Er vermag ein tiefes Zwiegespräch mit seinen Mitbrüdern aus Martinique zu führen. Denen aus Kuba. Aus Louisiana. Aus Brasilien. Aus Jamaika. Aus dem Kongo. Sogar aus Guinea. Er braucht nur die Trommel zu schlagen. Und Guadeloupe wird ihm aus der Tiefe seiner Abgründe antworten. Pak. Pitakpitak. Pak. Pitakpitak. Pak. Pitakpitak. Pak. Das Bild von Ti-Comique zieht ein letztes Mal vor deinen Augen vorbei. Sie wollen dich hören? Da sollen sie für ihr Geld etwas bekommen. Ohne viel Umstände fängst du zu schlagen an. Pim. Pitim. Pitim. Mit dem ganzen Hunger und Durst des Ausgeschlossenen. Du schlägst, dass du damit glatt deinen Schutzengel in die Flucht schlagen könntest. Pitim. Die Töne zerbersten unter dem kegelförmigen Dach des Peristyls. Dringen in die baufälligen Hütten ringsum ein. Dann in alle übrigen Häuser des Viertels, eines nach dem anderen. Pitim. Pitim. Pim. Pitim. Plong! Eine Horde von Erwachsenen kommt herbeigelaufen. Vergeblich versuchen sie, dich von der Trommel loszureißen, an die du dich mit allen Vieren klammerst. Mit sämtlichen Kräften eines glücklosen Unschuldslamms. Sie zerren zu mehreren an dir. Rufen laut, lass los, lass los, Herrgott noch mal! Im Handgemenge fällst du auf den Rücken, lässt aber weiterhin das Objekt deiner Begierde nicht los. Gleichzeitig schießen dir die Tränen in die Augen. Nicht vor Schmerzen, sondern vor Wut. Der Tränenstrom schwillt stärker an als die Artibonite bei Hochwasser. Vereint behält die Männerschar schließlich die Oberhand. Um dich danach an Grannie auszuliefern, an Füßen und Händen gefesselt. Du malst dir bereits aus, wie B12 auf dich niederprasselt. Aua! Schlechter Moment.

Man darf eine Tracht Prügel nie in der Mittagshitze abkriegen. Denn dann schwitzt du noch stärker. Und die feuchten Lederriemen schmerzen dann doppelt so stark. Als würde man dir bei lebendigem Leib die Haut abziehen. Oder mit einer Zange einen Fingernagel nach dem anderen herausreißen. Doch kaum haben deine Henker euch den Rücken gekehrt, drückt Grannie dich mit aller Kraft auf die Knie hinunter. Legt dir die Bibel auf den Kopf. Mit ebenso fester Hand. In ihren Augen flackert Panik. Sie hebt zu einem endlos langen Gebet an, das sie erst bei Einbruch der Nacht mit der Deklamation von Psalm 22 abschließt. Später, als Morgentau und Abendnebel sich siebenmal begegnet sind, wird Fanfan dir erklären, dass Grannie di-di-dich auf diese Weise vor der Ver-Ver-Verwünschung durch die Engel beschützen wollte, weil du sie mi-mi-mitten am Tag aufgeweckt hast. Vollkommen grundlos.

7
DIE KALTE DUSCHE

*

Der unruhige Körper von Caroline. Immer stärker von Unruhe beherrscht. Wo es dir in dieser Nacht verboten ist, mehr als nur deine Fantasie spielen zu lassen. Der Körper von Caroline, der dich allein auf hoher See treiben lässt. Umgeben vom Wellengekräusel der bereits fernen Kindheit. Inmitten der Erinnerungen, vom Geraune des Verbotenen erfüllt. Du, hier und jetzt, mit deinem Begehren nach ihr, diesen Körper betrachtend, an dem du dich am liebsten hemmungslos versündigen würdest. Die beiden, dein Begehren und ihr Körper, hier in dieser Nacht von Harlem, wo sie ihr stummes Duell ausfabulieren. Im Echo der Erinnerungen, auf der Suche nach einem Flecken Erde, wo sie Wurzel schlagen können. Als ob Quelle und Mündung eines Flusses in eins fließen könnten. Als ob Tag und Nacht, die Lichter dieser Nacht und die Schatten der Tage Anfang November ein einziger Augenblick der Ewigkeit wären. Aber er regt sich. Der Körper von Caroline bewegt sich. Wie wenn das Geschlecht der Frau beim Orgasmus das des Mannes ausstößt. Der Körper von Caroline. Sich deines Blicks sogar im Schlaf bewusst. Ihn mit ihrem ganzen Sein herbeirufend und zugleich verneinend. Sich von ihm nährend und ihn zugleich abwehrend. Der verbotene Körper von Caroline.

*

Nach deiner wagemutigen Tat weiß noch am selben Nachmittag die ganze Nachbarschaft darüber Bescheid. Nicht zu fassen! Was hat ihn denn da geritten? Hat er zu viel Sonne abgekriegt, oder was? Ein so braver Junge! Nie hört man ihn fluchen. Kein einziges Mal ist er in der Schule bisher sitzengeblieben. Ein leuchtendes Beispiel fürs ganze Viertel! War ja klar, dass das eines Tages so kommen musste, immer mit der verrückten Alten zusammen, da musste er ja selber irgendwann auch komisch werden. Hat man so was denn schon mal erlebt, eine Frau, die ewig ohne Mann bleibt? Das muss bei ihr im Oberstübchen so einiges durcheinandergebracht haben. Obwohl, wenn man erst mal so alt ist wie sie ... Ihr habt alle gar nichts kapiert! Seine Wurzeln kann man eben nicht verleugnen! Da helfen alle Tricksereien nichts. Bei wem das Dach lauter Löcher hat, der kann mit seinem Haus zwar die Sonne täuschen, aber nicht den Regen ... So sprudeln bis tief in die Nacht hinein die Kommentare. Manche schneidend, andere wohlmeinend, je nachdem wie nahe der- oder diejenige Grannie steht. Du selbst erfährst davon erst eine Woche später. Als Grannie dir endlich erlaubt, einen kleinen Ausflug, erst weiter als bis auf die Veranda und dann weiter als bis in den Hof, zu unternehmen. Aber auf keinen Fall weiter als bis zu Ton' Michel und Tante Odette. Und mit dem Angelus ist Schluss. Wenn die Sirene heult und die Arbeiter aus der Zuckerfabrik strömen.

Eine zum Zerreißen angespannte Woche. Mit einem Kräftemessen wie in der berühmten Szene aus *Man nennt mich Halleluja*, wo eine Singer-Nähmaschine, genau so eine wie die von Grannie, sich plötzlich in ein Maschinengewehr verwandelt. Zwischen Grannie und dir steht es auf Messers Schneide. Du weißt nur eins, dass du raus willst und dich im Lärm der Straße verlieren. Du musst unbedingt verhindern, dass der Säbel von Ogou, der Tag und Nacht über deinem Kopf schwebt, niedersaust und dir den Schädel spaltet. In der Zwischenzeit tust du so, als würdest du dich in die Lektüre des Buches Exodus vertiefen. Aus dem du mit laut vernehmbarer Stimme im Singsang vorliest, wenn

Grannie an deiner Zimmertür vorbeikommt. »Werdet ihr nun meiner Stimme gehorchen und meinen Bund halten ...« Du gaukelst ihr vor, du würdest gerade mit Moses den Gipfel des Bergs Sinai erklimmen. Die einzige mögliche Parade. In Wirklichkeit vertreibst du dir die Zeit damit, ein Lachen oder einen Ausruf von draußen auf der Straße zu erraten. Malst dir ein Fußballspiel unter richtigen Männern aus. Wie ihr Schinkenklopfen oder Negersklave-und-Soldat spielt ... Was Grannie betrifft, so brennt sie darauf, dir den Hintern zu versohlen. B12 mal wieder ein wenig Übung zu gönnen, der seit mehreren Tagen unbenutzt in der Ecke steht. Seine Lederriemen hängen schon ganz traurig herunter. Das juckt sie, als hätte sie eine bösartige Krätze. Du kannst es in ihren Augen sehen. Im starren Blick erkennen, den sie dir zuwirft. Auf eine Reaktion von dir wartend. Eine falsche Bewegung. Ein Wort, das dir entfährt, lauter gesprochen als die anderen Wörter. Der kleinste Fehltritt und du bezahlst sofort dafür. Zugleich kannst du in ihren Augen die Panik lesen. Du kennst dein liebes Grannielein – so nennst du sie immer, wenn du sie um den Finger wickeln willst – aus dem Effeff. Quälte sie nämlich das unwiderstehliche Bedürfnis, dir den Hosenboden strammzuziehen, dann bräuchte sie dafür keinen Vorwand. Irgendeine Dummheit wirst du in der Vergangenheit schon begangen haben. Und falls nicht, dann züchtigt sie dich eben vorsorglich. Um zu verhindern, dass du auf böse Gedanken kommst. Ab und zu eine Tracht Prügel, das ist ungefähr dasselbe wie ein Löffel Lebertran am Morgen. Schwer zu schlucken, aber das beste Hausmittel, um zu verhindern, dass das Übel in dir Wurzeln schlägt.

Erst am Ende der Woche, nachdem der Sabbat vorbei war, solltest du deine Freiheit wiedererlangen. Ohne dass dir auch nur ein einziges Haar gekrümmt worden war. Darauf legst du Wert. Das ist dein ganzer Stolz! Am Sabbat aber versammelt sich die ganze Gemeinde, um im Chor in Grannies Gebete einzustimmen. Um dir Körper und Seele von der Sünde reinzuwaschen, die Trommel geschlagen zu haben. Der Gemeindeälteste mit der größten Beschlagenheit in Bibelsprüchen war dafür gefragt, nur mit seiner Hilfe gelang es, für dich eine Mischung aus Psalmen und Versen zusammenzubrauen, mit der selbst ein wilder Stier auf den Weg des Heils zurückgefunden hätte. Das verirrte, verlorene Schaf wieder auf seine grüne Weide. Den ganzen Tag lang tauchten sie dich in dieses Bad aus frommen Sprüchen ein. Vom Aufgang der Sonne bis zu ihrem Niedergang. Und was noch schlimmer war, ohne dir auch nur einen Happen zu essen zu geben. Trotz des leeren Magens solltest du die Kirche gewappnet und gerüstet verlassen. Gepanzert wie ein Jagdbomber im Zweiten Weltkrieg. Die Mysterien werden sich an dir die Zähne ausbeißen und ihre Hände werden genauso verdorren wie die von Jerobeam, wenn sie versuchen sollten, sich dir auch nur zu nähern. Wehe dem, der den Augapfel eines Sohns von Jahwe antastet!

Endlich ist er da, *le jour de gloire est arrivé!* Aber du musst dich noch weiter gedulden. Warten, bis deine Freunde vom Sonntagsgottesdienst nach Hause kommen. Von einem Priester abgehalten, der unfähig ist, sein Wort zu halten. Laut Grannie, die auch auf die Katholen nicht gut zu sprechen ist. Keuschheitsgelübde, dass ich nicht lache! Seine zahlreiche Nachkommenschaft kann man in alle Winkel der Insel verstreut finden. In jeder Stadt. Jedem Landstrich. Der bringt es nicht fertig, irgendwo eine Messe zu lesen, ohne sich dabei mit so einem dummen jungen Huhn zu verlustieren. Schlimmer als ein *oungan*. Von denen weiß sowieso jeder, dass sie keine Kontrolle über ihr bestes Stück haben und sich damit überall groß aufdrängen. Sogar dort, wo es von der Schrift verboten ist. Und das Ergebnis sind dann Horden von Bälgern, mit denen die Heerscharen des Teufels aufgerüstet werden. Wenn ich dich jemals dabei erwischen sollte, dass du dich mit einer von diesen verdorbenen, verlorenen kleinen Seelen einlässt ...

Aber genug der Abschweifungen, hier nun der weitere Verlauf des berühmten Sonntags. Bis zum Mittagessen dauerte es noch eine Weile. Ausreichend Zeit, um vorher deinen Sieg voll auszukosten. Trotzdem erfüllt dich beim Gedanken, dass du jetzt gleich aus dem Hof heraustreten wirst, eine gewisse Beklommenheit. Du bist von eher zurückhaltendem Wesen. Man kann nicht sagen, dass zwischen der Menge und dir bisher wirklich der Funke übergesprungen ist. Du malst dir aus, wie sie dich alle empfangen, die Großen und die Kleinen. Wie sie dich im Triumph auf den

Schultern tragen und wie es ihnen egal ist, ob sie danach Ärger mit Grannie bekommen. Du hast die Feuertaufe bestanden. Ihr habt jetzt das Verbrechertum gemeinsam. Hipp hipp hurra, er gehört zu uns! Die Tollkühnsten unter ihnen werden dich sogar in die Luft schmeißen. Sozusagen als Ersatz dafür, dass sie dich nicht dazu einladen können, mit ihnen gemeinsam Wasser zu versprengen. Du wirst dich bescheiden geben, um zu großen Gefühlausbrüchen vorzubeugen. Jedenfalls nimmst du jetzt deinen ganzen Mut zusammen. Und gehst hinaus. Schweigen. Zwei deiner Spielkameraden schlagen dir vor, mit ihnen in der Schlucht Barbariefeigen pflücken zu gehen. Vielleicht glückt es euch mit euern Steinschleudern ja auch noch etwas Beute zu machen. Einen Ortolan abzuschießen. Oder eine Turteltaube. Aber daraus wird für dich nichts. Dein Aktionsradius ist beschränkt. Du schaust sie an. Wartest auf ihre Glückwünsche. Auf die Lobeshymne, die sie gleich anstimmen werden. Sie wollen dich nur noch etwas zappeln lassen. Du sollst derjenige sein, der die heldenhafte Missetat zuerst erwähnt. Erst danach werden sie dir gratulieren. Aber, meine Herren, verlangen Sie von mir keine solche Unbescheidenheit! Man kann sich doch nicht zu seiner eigenen Show applaudieren. Trommler und Tänzer gleichzeitig sein. Doch es kommt nichts. Den ganzen lieben langen Tag nicht. Keinerlei Lob. Als ob nichts geschehen wäre. So als hättest du das alles nur geträumt. Vielleicht hast du die Trommel nicht im richtigen Tempo geschlagen, du weißt ja nicht einmal, wie man Wasser versprengt. Nicht im richtigen Rhythmus. Vielleicht hast du bei dem Ritual etwas Wichtiges vergessen. Aber was hätte das denn sein sollen? In deinem ganzen Leben hat dich kein Sonntag so sehr verstört.

 Freud und Fanfan machen schließlich den Mund auf. Und fragen dich, ob du von allen guten Geistern verlassen warst. Du musst da nicht ganz richtig im Kopf gewesen sein, was ist denn da in dich gefahren? Du hast mit dem Feuer gespielt, weißt du das überhaupt? Wenn die anderen sich jetzt von dir abwenden, so Freuds klare Meinung, dann deshalb, weil niemand wissen kann, wann die Mysterien zum Angriff blasen und dir ihre Verwünschung entgegenschleudern. Denn die wird es für dich hageln.

Und dann sollte man sich besser nicht in deiner Nähe aufhalten. Die Mutigeren schielen von Zeit zu Zeit mitleidig zu dir herüber. Der Arme. Um sich dann hinter deinem Rücken schief und krumm zu lachen. Als würde trotz allem die Unschuld immer noch fest an dir kleben. Wie Aasgestank an hungrigen Straßenkötern. Was aber die Erwachsenen angeht, so beachten sie dich gar nicht weiter. Nicht mehr und nicht weniger als vorher jedenfalls. Tante Venus fängt wieder damit an – oder fährt damit fort, je nachdem –, dich mit den kleinen Leckereien zu verwöhnen, nach denen du dir alle zehn Finger leckst. Ton' Michel, mit dir für den Wettbewerb zu trainieren, der niemals stattfindet. Ti-Comique, mit derselben Energie wie immer die Trommel zu schlagen. Marie, ihre »royal air force« zu verkaufen. Lord Harris, Grannie *manman* zu nennen.

Ein paar Tage später haben deine Freunde und das ganze Viertel dein Verbrechen bereits vergessen. Falls sie es überhaupt bemerkt haben. Man könnte fast meinen, du hättest für nichts und wieder nichts eine Verwünschung durch die Geister riskiert. Und, schlimmer noch als die Verwünschung, den Zorn von B12. Als wäre deine Tat vollkommen sinnlos und nutzlos gewesen. Ja, sogar lächerlich. Kein einziges Mal wird dich jemand auffordern, die Trommel zu schlagen. Und auch nicht fragen, ob du im August zu einem Glücksbad nach Ville-Bonheur mitkommen möchtest. Zu einem Ausflug so ähnlich wie damals, als Ton' Michel alles, was das Viertel an kleinen Jungs zu bieten hatte, in seinen Kastenwagen packte und mit euch zum Drive-In gefahren ist, wo ihr miteinander *Die Braut des Teufels* angeschaut habt. An einem Freitagabend! Es war das einzige Mal, dass Grannie den B12 am Sabbat hat arbeiten lassen. Danach entschuldigte sie sich dafür auch bei Jahwe, der es an seinem Ehrentag keineswegs eilig damit hatte, dir zu Hilfe zu kommen. Kurzum, es sollte dich auch keiner einladen, ein Mahl mit den Heiligen zu teilen. Du musstest dich sogar ein weiteres Mal von der üppig gedeckten Tafel für die Engelsspeisung vertreiben lassen. Diesmal im Haus von Freuds Mutter. Und am 2. November verbietet dir Grannie nach wie vor aufs Strengste, den von der Straße hereindringenden Geräuschen zu lauschen. Auf das Anbranden der unflätigen Ausdrücke und das aufreizende Gebaren der *gede* achtzugeben, die aus dem Jenseits zurückkehren, um sich mit den Lebenden gemein zu machen. Sonst zieht sie dir die Löffel lang! Alles genauso wie vorher. Als wärst du immer noch dasselbe Unschuldslamm.

Als dann die Schule wieder anfängt, legt sich deine Enttäuschung allmählich. Du triffst deine Klassenkameraden wieder, den Dossou und die anderen. Tägliches Büffeln, außer natürlich am Sabbat, um deinen Platz als Klassenbester zu behaupten ... Und dann ist die Zeit verstrichen und darüber hinweggegangen wie über alles in dieser Welt. Deine letzte Erfahrung mit Voodoo reicht in die Sommerferien desselben Jahres zurück. Es war auf dem Land, wohin Grannie dich für ein paar Tage geschickt hatte, damit du dich in der Stadt nicht zu sehr langweilen und womöglich auf dumme Gedanken kommen würdest. Zur Familie einer ihrer Freundinnen aus der Gemeinde. Einer »Schwester« von höchster Vertrauenswürdigkeit. Ihr Mann hat dir dort das Angeln beigebracht. Hat dich zum Trou Caïman mitgenommen. Wo schreckliche Bestien mit Fangzähnen zu sehen waren, die es sogar mit Teufeln hätten aufnehmen können. Die Szene spielte sich eines Nachmittags ab, an dem sich alle Bewohner des Hauses unter einem großen Mangobaum versammelt hatten. Auf der Suche nach vergeblich erhoffter Kühle. Und da geschah es. Vielleicht war es der Müßiggang. Vielleicht das schwüle Wetter. Plötzlich schmeißt sich die Schwester auf den Boden. Kriecht auf dem Bauch und streckt dabei ganz weit die Zunge heraus. Schlängelt sich im Staub. Windet sich auf den spitzen Kieselsteinen und den Flaschenscherben. Wälzt sich danach voll angezogen am Bachufer im Schlamm. Im Dreck und Morast der Viehtränke. Eine Schwester, die normalerweise so geschniegelt und gebügelt ist! Du schaust dem Spektakel gebannt zu, die Augen so fest darauf gerichtet wie in *Eine Pistole für Ringo* der Colt von Giuliano Gemma auf sein Ziel. Es dauert nicht lange, da packt dich ein Erwachsener am Arm und zieht dich fort, ins Haus hinein. Als du die Frau ein paar Stunden später wiedersiehst, starrt sie stumpfsinnig vor sich hin. Hält den Blick ins Leere gerichtet. Ihre Augen sind gerötet wie bei jemandem, der viel geweint hat. Da kriegst du es mit der Angst zu tun und willst du nur noch weg. Verlangst, nach Port-aux-Crasses zurückgebracht zu werden. Über die vorgefallene Szene fällt kein Wort. Grannies Freunde halten dich zurück. Anfangs sträubst du dich dagegen, aber dann fallen ihnen die richtigen Argumente ein. Beim Essen bekommst du danach immer die besten Stücke vom Huhn auf den Teller. Schenkel. Magen. Hals und Kopf, an denen du endlos herumnagst. Die schmackhaftesten Maniokknollen und Yamswurzeln. Die saftigsten Früchte. Deine Wünsche werden erfüllt, noch bevor du sie ausgesprochen hast. Während des gesamten restlichen Aufenthalts verwöhnt man dich wie einen Kaziken der Kariben ... Nach Hause zurückgekehrt verrätst du Grannie von dem Zwischenfall kein Wort. (Erst viele Jahre später, als dein eigener Damballah in der Lage ist, jedes Mädchen zu besitzen, das für dich entflammt ist, wird dir klar, dass die »Schwester« vom Schlangengeist höchstpersönlich geritten worden sein muss.)

Diese Erfahrung, durch die du dem Verbotenen so nahe gekommen bist wie kein zweites Mal, besaß jedoch weder den Reiz noch den Charme jenes Nachmittags, an dem du die Trommel geschlagen hast, in trotzigem Aufbegehren gegen Himmel und Erde gleichzeitig. Lange Zeit sollte deine Kindheit für dich den bittern Nachgeschmack der öffentlichen Missachtung deines Verbrechens behalten. Vielleicht, so sagst du dir später, auf der Suche nach mildernden Umständen für die Nachbarschaft, haben sie es ja vermieden, deine Tat anzuerkennen, weil sie dir keine Unannehmlichkeiten mit Grannie bereiten wollten. Ihr keinen Anlass bieten wollten, bei dir B12 in Aktion treten zu lassen. So etwas wie die Episode mit der Schwester auf dem Land wirst du jedenfalls bei euch im Viertel nicht erleben. Dir gegenüber gilt so etwas wie die Omertà. Sobald du dich näherst, nichts mehr. Keine Geister mehr, die sich nackt ausziehen. Niemand, der sich in aller Öffentlichkeit in ein Reitpferd verwandelt. Kaum einmal ein Lied, das für dich auch nichts Neues mehr bringt. Vom Wind oder einem widerspenstigen Schmetterling herbeigetragen. Sicherlich, das nächtliche Trommelgewitter erklingt weiter und spielt zu seinem Ständchen auf. Aber du hörst nicht länger hin.

Es gehört für dich fortan zur Hintergrundmusik. Im besten Fall wiegt es dich in den Schlaf. Wie ein fernes *ninna nanna*, von dem du später verwundert feststellst, dass es in der Fremde nicht zu hören sein wird. Als du in Jerusalem bist. Ohne Grannie, die bereits nach Guinea zurückgekehrt ist, von dort noch eine Postkarte schicken zu können. In Rom. In Ouidah. Auf der Insel Gorée. In Paris. Auch nicht im Tal von Cuzco mit seinen heiligen Echos. Während deines langen einsamen Umherziehens rings um die Welt. In Erwartung der letzten großen Reise. Der letzten Überfahrt. In der Zwischenzeit haben dich andere Interessen in Beschlag genommen und halten dich ganz schön auf Trab: das Schreiben, der politische Kampf, die Mädchen ... (Oh ja, die Mädchen! Und bereits damals Caroline.) Es ist also die Schuld von Grannie. Die manchmal aus Guinea zu dir zurückkehrt, wenn deine Schritte durchs finstere Tal des Lebens der Erleuchtung bedürfen. Wenn ein besonders schwieriger Abschnitt deines Wegs auf dich wartet. Wo man ein tapferer Junge sein muss. Mit beiden Beinen fest auf der Erde, um nicht zu straucheln. Wenn du nämlich stürzt und am Boden liegst, dann wird dir keiner die Hand reichen. Die Menschen werden seelenruhig dabei zusehen, wie du dich im Schlamm abstrampelst. Keiner wird dir helfen, wieder hochzukommen. Deshalb musst du darauf achten, dass du nicht den Boden unter den Füßen verlierst. Hör auf zu träumen. Es ist allein ihre Schuld. Ihr hast du alles zu verdanken. Ihrer Stimme von jenseits des Meeres. Ihrer Stimme von jenseits des Lebens. Ihr gebührt aller Dank!

ÜBERGANG

Caroline wälzt sich unruhig im Schlaf. Wirft sich wieder und wieder auf die andere Seite. Schwitzt. Schlägt mit Armen und Beinen um sich. Als müsste sie ganz allein gegen eine Heerschar gefallener Engel kämpfen. Gegen haarlose Schweine. Gegen alle Schufte und Schurken auf der Welt. Welche Wut in ihr stecken muss. Im Schlaf von so fürchterlichen Alpträumen heimgesucht zu werden. Du würdest sie gern aufwecken, damit sie dir zuhört. Wenn du die Wahrheit erzählst. Deine Wahrheit. Von deiner in der Angst verwurzelten Kindheit, mit Neugier vermischt. Mit dem Zauber des Verbotenen. Adam, der immer den Apfel vor Augen hat. Du wirst das alles erst viel später begreifen. Vorerst hast du gelernt, zu widerstehen. Kennst genau die Grenze, die nicht überschritten werden darf. Welcher Schritt zu weit führen würde. Satan hat so manche List auf Lager. Das hat man dir oft genug gepredigt. Deshalb ist Misstrauen angesagt. Vorsicht, wenn die Mysterien sich als nackte Frauen verkleiden. Wenn ihre Banner mit glitzernden Träumen bestickt sind. Wenn dir bei ihrer Musik die Ameisen in den Lenden kribbeln. Einer Musik, die selbst den Gerechten aus dem ewigen Schlaf erwecken würde. Nimm dich vor ihrem Flitterglanz in Acht. Und dann ist da auch noch die Scham. Wie können sich Christenmenschen von heute solchen barbarischen Ritualen verschreiben? Die Tiere, denen man die Kehle durchschneidet. Deren noch warmes Blut man in einer Kalebasse auffängt und ohne abzusetzen hinuntertrinkt. Die Schlammbäder. Die Speisen, die beerdigt werden. Von allen Merkwürdigkeiten will dir das am wenigsten in den Kopf. Essen begraben. Also wirklich. Du verlangst ja gar nicht, dass sie mit dir am Samstag in die Kirche gehen. Aber wenigstens am Sonntag. So wie alle anderen. Um ihrem Treiben ein dünnes Mäntelchen an Etikette umzuhängen. Und du versinkst in Träumereien von der Würde und Feierlichkeit zivilisierter Gottesdienste. Träumst vom erhabenen Klang der Orgel in der großen Kathedrale, wenn dort das Te Deum angestimmt wird. Stattdessen gibt es über Holz gespannte Ziegenfelle und deren entfesseltes Wüten, Donnergrollen, wirbelndes Gewittern. Als Vorspiel zu Opferungen, bei denen es sich mindestens um Stiere, Ziegen auf vier Beinen, Schweine oder schwarze Hühner handeln muss. Sonst geht da nichts. Das Gefühl von Scham, zum selben Hof zu gehören. Zur selben Gesellschaft. Zur selben Nation. Kurzum, einer der Ihren zu sein.

Nirgendwo aber kannst du dich verstecken. Das Auge ist immer da, selbst im Grab noch, und schaut Kain an. Da braucht man sich nichts vorzumachen. Es ist wie die alte Geschichte mit dem Esel, der einen Strohhut so groß wie die Sonne aufsetzen kann. Seine Ohren werden ihn immer verraten. Deshalb beschließt du irgendwann, es auf dich zu nehmen. Was eigentlich genau? Du weißt es nicht. Du hast die Nase voll davon, wie ein unrettbarer Idiot behandelt zu werden. Das ewige Unschuldslamm des Viertels. Derjenige, über den man sich sogar in seiner Anwesenheit lustig macht. Aber wer zuletzt lacht, lacht am besten. Du wirst es ihnen zeigen und sie auf ihrem eigenen Terrain vernichtend schlagen. Damit sollten für dich die Jahre der Aneignung beginnen. Oder jedenfalls des Versuchs einer Aneignung. Für einen Bücherwurm wie dich ist die Wahl der Waffen schnell entschieden. Und Grannie hat den Überblick über deine Lektüren schon längst verloren. Es reicht, wenn du die Bibel in Reichweite liegen hast, nur für alle Fälle, dann kannst du bis in die frühen Morgenstunden ungestört lesen. Ohne dass sie dir wegen der Stromverschwendung die Leviten liest. Das Heranwachsen und allgemein eine Verbesserung eurer Situation bringen das für dich so mit sich. Jedenfalls fängst du an, deine Stimme laut und stark zu erheben. Deine kleine Zuhörerschaft unter dem Mahagonibaum mit deinen Bonmots um den Finger zu wickeln. Aber nur wenn Grannie nicht dabei ist, versteht sich. Fängst an, Sätze zu wiederholen, die du von Ethnologen aufgeschnappt hast. Solchen von der Insel und von anderswo. Ein Papagei, der sich im Echo seiner eigenen Stimme verstrickt. Aber wie soll man sich etwas wiederaneignen, das einem nie gehört hat? Wenn du nicht einmal weißt, mit welchem Fuß du anfangen musst, um einen *djouba* oder *petro* richtig zu tanzen. Wie viele heimliche Tanzstunden musst du nehmen, um den Rücken so beugen zu können, dass es Ähnlichkeit mit einem *yanvalou* hat. Und selbst dann! Was Hänschen nicht lernt, lernt Hans nimmermehr. Mit der Zeit begnügst du dich damit, einfach immer so etwas wie einen *dahomey* anzudeuten. Egal, um welches Ritual es geht. Du rollst dazu deine Schultern. Was für eine Anmaßung. Auch das wird dir schließlich klar. Und du verlierst daran irgendwann den Spaß.

Danach folgen die Jahre der Gleichgültigkeit. Wo dich alles Gerede über Voodoo völlig kalt lässt. Sicherlich, die Musik kitzelt dich weiter in den Füßen und Lenden. (Du bist nicht umsonst in einer Welt aufgewachsen, in der das Musikhören eine sehr körperliche Angelegenheit ist.) Aber in deinem Kopf ist sie völlig entzaubert. Und was den ganzen Rest betrifft, so lässt sich wohl keiner finden, den das alles weniger jucken würde als dich. Die Verärgerung kommt erst später. Viel später. Angesichts des Verhaltens so mancher Landsleute. Die nicht gelten lassen wollen, dass du davon verdammt noch mal wirklich nichts weißt. Jedenfalls nichts Handfestes. Die dir trotzdem ein komplizenhaftes Zwinkern rüberschicken. Sprechender als die Wahlkampfparolen eines Politikers. Du machst dazu gute Miene. Bist kein Spielverderber. Braver Junge. Legst die Karten nicht offen auf den Tisch. Böswillige Freunde könnten es ausnutzen. Und dann gibt es da noch die anderen, die dich erst recht aufregen. Die es zwar nicht wagen, dich aber nur allzu gerne als einen brandmarken würden, der sich seiner Heimat völlig entfremdet hat. Als den Typen, der sich seiner Wurzeln schämt. Bis ins Knochenmark hinein kolonialisiert. Der sich schämt zuzugeben, dass er heimlich die Trommel schlägt. Wasser versprengt. Dass er in schweren Augenblicken die Ahnen anruft. Oder auch ohne gewichtigen Grund, um eine Speise mit ihnen zu teilen, eine Flasche Rum. Du würdest ihnen vergebens erklären, dass du nichts zu verbergen hast. Dass du diese ganze Malaise hinter dir gelassen hast. Wie so viele andere Dinge. Wie den Glauben. Wie die hoffnungslose und trostlose Savanne dieser Nation von Egoisten, Verantwortungslosen und Kriminellen. Du willst einfach nur aufrichtig und ehrlich mit dir und den anderen sein. Dich keiner Dinge rühmen, von denen du keine Ahnung hast. Aber sie würden dir nicht glauben. Das wäre zu einfach. Es würde ihrer eigenen Existenz jeden Sinn rauben. Deshalb schweigst du. Und lässt sie ihre Lieblingsrolle spielen, die der Identitätspolizei. Einer deiner Freunde nennt sie immer so. Identitätspolizisten. Andere wiederum glauben dir. Machen sich aber gleichzeitig über dich lustig. Als würdest du an einer schweren geistigen Verirrung leiden. Auch sie Identitätspolizisten, solche von anderer Art. Die dich anschauen, als wärst du der Idiot der Familie. Mit einer Spur Mitleid auf den lächelnden Lippen.

Ähnlich sollte es dir auch im Ausland ergehen. Unter ganz normalen Menschen genauso wie im pseudointellektuellen Milieu. Wo die Gretchenfrage nach dem Voodoo unvermeidlich ist. Während einer Einladung für dich das Haar in der Suppe ist. In neun von zehn Fällen hört der Fragende sich nicht einmal den ersten Satz deiner Antwort bis zu Ende an. Weil er bereits zu einem anderen Thema weiterzappt. Oder sich mit Inbrunst dem Hühnerschenkel auf seinem Teller widmet, einer verheißungsvolleren Angelegenheit. Die ewige Frage. Auch in jeder Diskussionsrunde über Literatur taucht sie auf. Wie ein *lwa*, den man nicht erwartet hat. Ti-Polisson, der Spaßmacher, oder Cousin-Zaka, der Zornige, wären für so was immer zu haben. Jemand aus dem Publikum, vielleicht sogar der Moderator selbst kommt plötzlich damit an: Und Voodoo, was ist das eigentlich? Du verstehst den Zusammenhang nicht. Das dürfen Sie mich nicht fragen, dafür bin ich kein Experte. Eine höfliche Umschreibung für: Haben Sie denn keine intelligentere Frage auf Lager? Dein Gesprächspartner wirkt irritiert. Schaut dich mit einem Ausdruck in den Augen an, als wolle er damit sagen, der ist wohl nicht richtig authentisch. Was wir wollen, ist aber das Authentische. Ist wohl nicht mehr so richtig drin. Zu lange fort von zu Hause. Wie ein dem Vampirismus der Sonnenstrahlen anheimgefallener Werwolf. Die ewige Frage. Du entkommst ihr nicht. Du wirst ihr nie entkommen. Wohin auch immer du gehst. Was auch immer du tust. Das hast du jetzt verstanden. Ein solches Recht hast du nicht. Du bist in die Enge getrieben. Aber deswegen gibst du dich noch lange nicht geschlagen. So etwas passt nicht zu dir. Grannie hätte es dir nicht durchgehen lassen. Du bietest trotzig die Stirn. Startest zum Gegenangriff. Ein Tier, das sich nicht anders zu helfen weiß, beißt, sagt man drunten im Hafenviertel. Und deshalb stürmst du auf deinen Gegner los. Hast dabei die heldenhafte Zeit der Raufereien in deiner Kindheit und Jugend im Kopf. Dein Gegenüber schaut dich verdutzt an. Versteht nicht, warum du auf einmal so aggressiv bist.

Aber auch gegenüber Caroline kann dich dieser Zorn befallen. Du hast für sie im Flugzeug den gesamten Atlantik überquert. Economy-Class mit wenig Beinfreiheit. Die Knie unters Kinn geklemmt. Hast Muskelkrämpfe, endloses Geschwätz, Schnarchen und das ewige Aufstehen und Hinsetzen der anderen Passagiere ertragen. Hast das alles über dich ergehen lassen. Stoisch. Weil du sie so sehr begehrst, dass es dich noch von innen auffrisst. Dein Schutzengel sich noch ganz nach ihr verzehrt. Du springst in das erstbeste freie Taxi. Trotz ihrer Warnungen. Glaub mir, es nützt überhaupt nichts, wenn du ein *cab* nimmst, kostet bloß mehr und länger dauert es auch noch. Dummerweise hat sie recht. Du bleibst damit im Stau stecken. Hältst es vor Ungeduld kaum mehr aus. Machtlos. Wehe den beiden Fahrstühlen, wenn sie bei deiner Ankunft nicht bereits auf dich warten. Es fehlt nicht viel, und du würdest die dreiunddreißig Stockwerke zu Fuß hochstürmen. Und das alles, um von ihr ein Nein zu hören. Schroff geäußert. Du bist verunsichert. Vielleicht hat sie ja gerade ihre Tage. Da ist ihre Laune immer im Keller. Oder du hast in ihren Augen etwas sehr Wichtiges vermasselt oder versäumt. Hast sie eine Woche lang nicht angerufen. Hast ihren Geburtstag vergessen. Oder den Jahrestag eurer ersten Begegnung. Den Tag, an dem ihr das erste Mal miteinander geschlafen habt. Den Namenstag der Heiligen, nach der sie benannt ist. Hast vergessen, ihr ihre Lieblingsmodemagazine mitzubringen. Das lässt sie dich dann spüren. Du kriegst es von ihr sofort heimgezahlt. Aber nein. Das ist es diesmal gar nicht. Heute Abend läuft nichts zwischen uns. Ich kann nicht. Und da dämmert es dir auf einmal. Es ist der Abend, der für den anderen reserviert ist. Den Typen ohne Gesicht. Der Anspruch auf eine Nacht in der Woche hat. Und nach dem Nein rafft sie ihren Körper, durch den ein Engel zu Fall kommen könnte, zusammen und verschwindet zum Schlafen ins Nebenzimmer. In einem Nachthemd, das alle ihre Reize verführerisch betont. Wobei sie die Tür sorgfältig hinter sich schließt. Als wolle sie sichergehen, dass auch ja keine Laute ihres Liebesspiels nach draußen dringen. Du vergisst es immer wieder. Wie oft schon hast du dir vorgenommen, dir den Tag zu merken. Um dann am Tag darauf anzukommen und sie in aller Ruhe ficken zu können. Ehrlich gesagt willst du es auch lieber gar nicht so genau wissen. Was soll diese Geschichte eigentlich? Mit einem Geist verheiratet sein, wer macht denn so was? Na gut, stimmt, bei den Katholen kommt das ja auch vor. (A propos, Klosterschwestern mögen vielleicht nicht die Schönsten sein, aber der Nazarener hat da eine hübsche Auswahl beisammen. Einen ganzen Harem!)

Aber zurück zu Caroline. Wenn es ein Kerl aus Fleisch und Blut gewesen wäre, hättest du es ja noch verstanden. Hätte dir sogar Spaß gemacht, ihm ordentlich Hörner aufzusetzen. Bis du entkräftet zur Seite gesunken wärst. Dein Spermienvorrat aufgebraucht gewesen wäre. Aber so wie es jetzt ist, hast du ganz stark das Gefühl, dass du der Gehörnte bist. Vor allem, wenn du Caroline am Morgen danach beim Frühstück sitzen siehst. Die Spuren der Nacht, die sie mit deinem Nebenbuhler verbracht hat, im Gesicht. Ein Gurren in ihrer Stimme. Wie die Vorsängerin bei einem Voodoo-Ritual. Eine *reine chanterelle*. So dass man glauben könnte, dieses kleine Arschloch von Geist fickt sie glatt besser als du. Am liebsten würdest du ihm entgegenschleudern: Willst du den Krieg, ja? Kannst du haben! Dann werden wir doch mal sehen, wer sie beim Orgasmus lauter jubeln und juchzen lässt. Die Natur ist jedenfalls schon mal auf deiner Seite. Denn du kommst im Flugzeug aus Europa und er aus dem fernen Guinea. Nach einer Reise unter Wasser, die sieben Tage und sieben Nächte gedauert hat. Der muss doch total fix und fertig sein. Und beim Ficken zahlt sich nichts so sehr aus wie ausreichend Ruhe vor dem Sturm. Außerdem hat Jakob sehr wohl siegreich mit den Engel gerungen. Warum nicht auch du? Aber alles Unglück hat schließlich auch etwas Gutes. Wenn Caroline sich nämlich in den Kopf setzen sollte, mit dir das Thema Heirat anzuschneiden, kannst du dich mühelos aus der Affäre ziehen. Du bist doch jetzt nicht für Polyandrie, oder? Das ist hier bei den Yankees nämlich gesetzlich verboten, weißt du. Wie würde das denn aussehen, mit zwei Eheringen am Finger? Das wird sie eines Besseren belehren.

An diesem Abend aber hat der fickende Teufel nichts mit dem Zwist zwischen euch zu tun. Du willst Caroline einfach nur erklären, dass es für dich zu spät ist. Viel zu spät. Du bist ein *zobop*, der vom Tagesanbruch überrascht wurde. Der nicht die Zeit hatte, wieder seine Menschenhaut überzustreifen. Seither kannst du nichts anderes mehr sein als ein unbeteiligter Zuschauer. Egal bei welcher Religion. Sicherlich, es gibt da in dir das Bedürfnis, dich in den Hüften zu wiegen. Das dir aus deiner Kindheit auf der Insel geblieben ist. Sicherlich, du versuchst ab und zu noch, die große Frage zu ergründen. Eindringlicher als andere vielleicht, die unter anderen Himmeln aufgewachsen sind. Bist fasziniert von der Energie, die vom Antlitz und Leben der Gläubigen abstrahlt. Einer Gläubigkeit im festen Vertrauen auf die *lwa*, den großen Herrn und Meister, Gott, Allah, Jahwe und wen es da sonst noch alles so gibt. Auf den göttlichen Willen und die göttliche Fähigkeit, den Lauf ihres eigenen Lebens in eine gute Richtung zu lenken. Eine Gläubigkeit, um die du sie im Grunde deines Herzens beneidest. Doch das Unschuldslamm, das du seit jeher gewesen bist, bleibt für diesen Glauben, oh welch Paradox, unempfänglich. Ist nicht in der Lage, die eigenen Zweifel zu überwinden. Deine Geschichte ist die eines Jungen, der auf der Straße unterwegs ist und in den Regen kommt. Staunend schaut er zum Himmel hoch, an dem dicke Wolken hängen. Es schüttet nur so. Staunend schaut er auf die Menschen ringsum, die bis auf die Knochen durchnässt sind. Er aber bleibt trocken. Er hat noch nicht einmal einen Regenschirm aufgespannt. *Lapli tonbe mwen pa mouye.*

Was Caroline zu all dem sagen würde, wenn du sie jetzt aufwecken würdest? Bestimmt würde sie antworten, dass du zu viel liest. Das sagt sie schon seit langem. Eigentlich seit immer. Seit sie in deinem Hafen vor Anker gegangen ist und damit die gesamte männliche Bevölkerung des Viertels gegen dich aufgebracht hat. Und wer will jetzt noch ergründen, ob die anderen sie wegen ihrer Gaben oder wegen ihres Körpers begehrten. Wobei man sagen muss, dass es dafür Grund genug gab. Ach, wie sehr dich ihr zaghaftes Lächeln bezaubert, wenn ihr zu zweit seid. Wie sie dich geil macht. Lass mich dein kreolisches Zuckerstück sein, Liebling. Dein Pferdchen. Wie sie die Schlampe spielt, um ihre Schüchternheit zu bekämpfen. Deine Jugend zu betören weiß. Nur mit Worten, damals. Aufreizende Posen und Küsse, die kein Ende nehmen wollen. Die Berührung ihres Busens oder ihrer Schenkel reicht aus, damit du einen Ständer kriegst. Auf dem Grund ihrer schönen Augen, die einen Heiligen in die Verdammnis stürzen könnten, erkennst du aber nur eins: die Gabe, in Liebesdingen den erfahrensten Krieger bis tief ins Herz zu erschüttern. Nie wirst du dabei genau sagen können, ob Caroline und ihre Zwillingsschwester darin eher Mammon oder Jahwe gleichen. Zu jener Zeit, das ist wahr, hatte dein Glaube dich bereits verlassen. Konnte nicht standhalten gegen die heimliche Lektüre von Che und Fidel Castro. Von Gramsci und Jacques Roumain. Dann entschwindet Caroline in die Vereinigten Staaten. Über Jahre hinweg bleibt ihr in Kontakt. Ohne dass eure Körper und eure Träume sich weiter umschlingen und ineinander verflechten können. Tonnen und Abertonnen von Briefen. Die Fotos, die ihr euch schickt, füllen ganze Alben. Telefonanrufe, die so lange dauern, bis euch die Worte oder das Geld fehlen. Aber immer viel zu kurz. Flüchtige Momente zweier Liebender, die einander zu lange nicht mehr wiedersehen. Dann brichst du ebenfalls auf. Verlässt die Insel. Dein Vagabundentum führt dazu, dass du neue Bande mit Caroline knüpfst. Ein unablässiges Pendeln über die Ozeane hinweg. Ewiges Hin und Her der Erwartungen und Enttäuschungen, Zwistigkeiten und fiebrigen Momente der Versöhnung. Bis zu dieser Nacht, in der du ihr dein krasses Unwissen in Voodoo-Dingen gestehst.

Du hast ja nie auf sie hören wollen. Das hast du jetzt davon! So würde sie wahrscheinlich sagen, wenn sie noch wach wäre. Was hörst du auch nicht auf, dir über so unsinnige Dinge wie das Geschlecht der Engel den Kopf zu zerbrechen. (Dabei würdest du jetzt nichts lieber tun, als ihr Geschlecht zu erforschen. Sinnloses, verzweifeltes Begehren.) Immer in die Bücher vergraben. Caroline selber interessieren nicht einmal mehr ihre Fachbücher als Krankenschwester. Sie liest nur noch Modezeitschriften. Klatschmagazine. Das Fernsehprogramm. Blättert auch mal *Ebony* durch. Eine Frage der Solidarität. Und nach diesen ernsten Ermahnungen hätte sie dir schmollend den Rücken zugekehrt. Nicht besonders überzeugt von deiner Geschichte. Mit dem Gefühl, dass du sie wohl verschaukeln willst. Nur, dass es leider nicht das Schiff des Meeresgottes Agwe ist. Dass du sie mit all den Büchern, die du liest und die dich immer weiter von ihr forttreiben, hinters Licht führst. Mit einem Wort, dass das alles nur Fassade ist. Wie bei so vielen deiner Landsleute. Bei Tag, da ist das eine Sache. Aber bei Nacht, da versprengen sie Wasser, was das Zeug hält. Und nach ein paar Minuten solchen Nachgrübelns hätte sie sich gegen deinen Rücken gekuschelt. Mach dir keine Sorgen, *honey*. Ich pass schon für uns beide auf. Vergiss nicht, dass ich eine *marasa* bin. Solange ich lebe, wird dir keiner ein Haar krümmen. Ohne es zu merken und allein durch die Kraft ihrer Worte würde sie damit in Grannies Haut schlüpfen. Du würdest dich von ihr zärtlich umfangen lassen. Glücklich wie ein *oungan*. Ja, wie ein Engel. *Abobo!*

Rom 2001 – Paris 2004

INHALT

ERÖFFNUNG 9

ERSTES MOUVEMENT 19

1. Die Rebellin 23
2. Der Hof 35
3. Epiphanie 47
4. Unschuldig 59
5. Die Speisung 69
6. Der böse Fuß 79
7. Die Behandlung 89

ZWEITES MOUVEMENT 99

1. Die Expedition 103
2. Der Ruf 117
3. Die Rückkehr nach Guinea 127
4. Marasa 137
5. Der Traum 149
6. Das verfluchte Instrument 161
7. Die kalte Dusche 171

ÜBERGANG 183

LOUIS-PHILIPPE DALEMBERT bei litradukt

Jenseits der See

Eine haitianische Familiensaga über drei Generationen. Bleiben oder gehen, diese Frage variiert Louis-Philippe Dalembert in seinem »*packenden aber alles andere als leichtverdaulichen Roman*« (Gaby Mayr, *SWR2*) virtuos aus dem Blickwinkel der Hauptfiguren.

Platz 5 der *litprom*-Bestenliste *Weltempfänger* 2/2009.

145 S., Softcover, 12,90 €
zweite, überarbeitete Auflage
ISBN: 978-3-940435-15-6

»*Schritt für Schritt zeigt Dalembert, ... wie sich Haiti innerhalb der Lebensphase einer Person verändert hat. Die Kontraste, die zu Beginn der Erzählung und zum Ende hin sichtbar werden, sind ein erschütterndes Zeugnis von der Zerstörung dieser Gesellschaft.*«
Andrea Pollmeier, *Literaturnachrichten*

Mehr Informationen und Leseproben auf unserer Website
LITRA*f*DUKT.de

LYONEL TROUILLOT bei litradukt

Lyonel Trouillot wurde 1965 in Port-au-Prince geboren, wo er noch heute lebt. Er schreibt Lyrik und Prosa in französischer und kreolischer Sprache. Seine Romane wurden mit zahlreichen Preisen ausgezeichnet. Als Mitglied und Sprecher des Collectif *Non*, einer Initiative von haitianischen Intellektuellen, gehörte er zu den wichtigsten Opponenten gegen das Regime von Jean-Bertrand Aristide. Lyonel Trouillot lehrt französische und kreolische Literatur an der Universität Port-au-Prince.

Thérèse in tausend Stücken

Mit 26 Jahren entdeckt Thérèse, eine gehorsame Ehefrau aus guter Familie in einer haitianischen Provinzhauptstadt, ein zweites Ich, »die andere Thérèse«, die fortan Besitz von ihrem Körper ergreift und ihr ihre geheimen Wünsche und Kräfte offenbart. Thérèse beginnt ihre Stadt, eine Stadt, »in der selbst die Träume zu einer bestimmten Zeit zu Hause sein müssen« mit anderen Augen zu sehen.

Die Geschichte einer Selbstentdeckung und -befreiung und ein sarkastisches Porträt einer zerrissenen, in Konventionen erstarrten Gesellschaft.

Erscheint im Frühjahr 2017

Mehr Informationen und Leseproben auf unserer Website

LYONEL TROUILLOT bei litradukt

Jahrestag

Port-au-Prince, Anfang 2004, Jahr der zweihundertjährigen Unabhängigkeit Haitis. Der Student Lucien Saint-Hilaire begibt sich aus dem Slum, in dem er wohnt, zu einer Demonstration. Die Stimmen der Personen, denen er begegnet, und die, mit denen er im Geist Zwisprache hält – sein Bruder, der zum Gangster geworden ist, seine Mutter, die als Bäuerin in der Provinz lebt, die »Ausländerin«, die er liebt, ohne sie wirklich zu kennen, der Ladenbesitzer, der den alten Zeiten nachtrauert –, treten in Dialog mit seinen Gedanken und ergänzen sie zu einer Typologie der haitianischen Gesellschaft. Vor dem Leser, der Lucien bis zur letzten Polizeiattacke begleitet, entsteht das Bild eines zutiefst zerrissenen Landes, aber auch der erneuernden Kräfte und ihres Einsatzes für Gerechtigkeit und Demokratie.

96 S., Softcover, 11,90 €
ISBN: 978-3-940435-12-5

»›Die Dinge haben keinen Grund. Man muss nur hinsehen‹, legt Trouillot seinem Helden in den Mund, der bis kurz vor seinem Tod davon träumt, einen Roman zu schreiben, ›dessen Held das Schweigen‹ ist, ›ein Buch des Blicks, das sich den Lärm erspart‹. Genau dieses Buch hat Lyonel Trouillot geschrieben und dem Schweigen eine Stimme gegeben.«
Cornelius Wüllenkemper, *Süddeutsche Zeitung*

Mehr Informationen und Leseproben auf unserer Website
LITRA**/**DUKT.de

ANTHONY PHELPS bei litradukt

Anthony Phelps, Lyriker, Prosaautor und Bildhauer, geboren 1928 in Port-au-Prince, kann als lebender Klassiker Haitis gelten. Als Gegner Duvaliers muss er 1964 nach einem Gefängnisaufenthalt ins Exil nach Montreal gehen, wo er noch heute lebt. Sein literarisches Werk umfasst etwa 30 Bücher, darunter das Kultbuch *Mon pays que voici* (1968), eine lyrische Hymne an sein Heimatland. Auf Deutsch wurde bisher nur der Roman *Denn wiederkehren wird Unendlichkeit* (Aufbau Verlag, 1976) veröffentlicht. *Der Zwang des Unvollendeten* erschien 2006 in Montreal unter dem Titel *La contrainte de l'inachevé*.

Wer hat Guy und Jacques Colin verraten?

Sechs Uhr morgens. Ein weiterer Tag im Leben Claudes, den er auf seinem Balkon verbringen wird, während unter ihm der Kindergarten, den seine Schwester früher betrieben hat, verwaist daliegt. Zwei Kinder, Guy und Jacques Colin, wurden von den *tontons macoutes* als Geiseln genommen. Wie konnten die Miliz ihr Versteck finden? Der Tagesablauf verschwimmt mit den Erinnerungen und Träumen Claudes, den immerfort dieselbe Frage quält: Wer hat Guy und Jacques Colin verraten?

Ein eindringliches Zeugnis aus dem Haiti unter der Diktatur Duvaliers.

116 S., Softcover, 9,90€
ISBN: 978-3-940435-18-7

»*Auf höchstem literarischen Niveau.*«
SRF2 Kultur

Mehr Informationen und Leseproben auf unserer Website
LITRADUKT.de

ANTHONY PHELPS bei litradukt

Der Zwang des Unvollendeten

Simon Nodier, Bildhauer und Schrifsteller, kehrt nach 25 Jahren im Ausland nach Haiti zurück und muss feststellen, dass das Land, das er in Erinnerung hat, nicht mehr existiert und möglicherweise nie existiert hat. Die Begegnungen Nodiers mit Freunden und Verwandten lassen den Leser seine privilegierte Kindheit, die Jahre der Diktatur und die Erfahrung des »Exils der Rückkehr« miterleben. In der Fortsetzung einer unvollendeten Jugendliebe gehen Erinnerung und Einbildung ineinander über, die Erlebnisse Nodiers verschmelzen mit dem Roman, den er zu schreiben begonnen hat. Ein raffiniert komponiertes Werk über eines der Hauptthemen der haitianischen Literatur, das Exil, und ein Denkmal für das leidgeprüfte Haiti in all seiner Vielfalt und Widersprüchlichkeit.

169 S., Softcover, 12,90€
ISBN: 978-3-940435-16-3

»*Es gehört zu den faszinierenden Widersprüchen dieses Romans, dass Anthony Phelps über die Geschichte eines literarischen Scheiterns seine Heimat als Autor wiederfindet.*«
Cornelius Wüllenkemper, Süddeutsche Zeitung

Mehr Informationen und Leseproben auf unserer Website
LITRA*DUKT.de

MARYSE CONDÉ bei litradukt

Maryse Condé, eine der wichtigsten Autorinnen der Frankophonie, wurde 1937 in Pointe-à-Pitre, Guadeloupe, geboren. Sie studierte Vergleichende Literaturwissenschaften an der Sorbonne und promovierte über Stereotypen von Schwarzen in der karibischen Literatur. Anschließend lebte sie in Afrika, unter anderem in Mali, wo sie zu ihrem Bestseller *Segu* angeregt wurde. 1993 erhielt sie als erste Frau für ihr Gesamtwerk den Puterbaugh-Preis. Sie lebt abwechselnd auf Guadeloupe und in New York, wo sie an der Columbia University lehrt.

Victoire

Maryse Condé, Bestsellerautorin der Achtzigerjahre, meldet sich mit der Geschichte ihrer Großmutter zurück. Victoire Quidal wächst Ende des 19. Jahrhunderts auf Guadeloupe in einer armen Familie auf. Obwohl sie nie lesen und schreiben lernt und nur kreolisch spricht, legt sie als talentierte Köchin den Grundstein für den sozialen Aufstieg ihrer Nachkommen.

Der faszinierende Lebensweg einer Frau in einer rassistischen und machistischen Gesellschaft und ein Sittengemälde der französischen Karibik zur Kolonialzeit.

268 S., Softcover, 15,80€
ISBN: 978-3-940435-08-8

»*Glänzend übersetzt, unterhaltsam und lehrreich.*«
Joseph Hanimann, F.A.Z.

Mehr Informationen und Leseproben auf unserer Website
LITRA⨍DUKT.de

EMMELIE PROPHÈTE bei litradukt

Emmelie Prophète, geboren 1971, studierte Jura und Literaturwissenschaften in ihrer Geburtsstadt Port-au-Prince. Sie leitete acht Jahre lang eine Jazzsendung bei Radio-Haïti, war im Lehramt sowie als haitianischer Kulturattaché in Genf tätig und schrieb für verschiedene Zeitschriften.

Als Schriftstellerin machte sie zunächst durch die Lyrikbände *Des marges à remplir* (2000) und *Sur parure d'ombre* (2004) auf sich aufmerksam.

Das Testament der Einsamen ist ihr erster Roman.

Das Testament der Einsamen

Drei Generationen von Frauen leiden still und allein. Zeugnisse von Menschen, für die Hoffnung und Glück Fremdworte sind. Ein poetischer Text über die Einsamkeit und das Exil, Niederschlag des Lebensgefühls eines Landes, »das seit jeher in der karibischen See und im Elend versinkt.«

Ausgezeichnet mit dem *grand prix littéraire Caraïbe* der ADEL (Association des Écrivains de Langue Française) 2009.

115 S., Softcover, 9,90€
ISBN: 978-3-940435-09-5

»*Ein Buch, dem man viele Leser wünscht*«
Cornelia Zetzsche, *Bayerischer Rundfunk*

Mehr Informationen und Leseproben auf unserer Website